墨の香

梶よう子

幻冬舎

墨の香

目次

仁のこころ

一

五月の木漏れ日の眩《まぶ》しさに、岡島雪江《おかじまゆきえ》は眼を細めながら、庭へと下りた。

早朝の光にひときわ輝く百合の花に鋏を入れる。

白い百合を一輪手にした雪江は、座敷に再び上がると、用意してあった竹細工の花差しにさりげなく飾った。

大きな花弁を持ちながらも、百合には清楚《せいそ》な輝きがある。これからの雪江の門出を祝ってくれそうな気がした。

「ねえ、茂作《もさく》、幾人かは集まってくれるかしら」

雪江は、後に控える茂作を振り向くことなく、心配げに溜め息を吐《つ》いた。

茂作は親の代から岡島家に仕えている中間《ちゅうげん》だ。とうに還暦を過ぎている。岡島の家のことなら、いまの用人よりも、雪江の隠居した父親である采女《うねめ》よりもよく知っているかもしれない。

「ご安心なさいませ。女流書家の岡島雪江の名は通っております。さらに大殿さまもかつては奥右筆《おくゆうひっ》として勤め上げ、いまのご当主であらせられます――」

と、目尻の皺《しわ》を深くして茂作がいいさしたとき、

「姉上、姉上ぇ」

叫びながら、廊下を走って来る音がした。

茂作は、小さく息を洩らしながら、

「新之丞《しんのじよう》さまも、お城で奥右筆を立派に勤め上げておられます」

とってつけたようにいって廊下のほうへと眼を向けた。

茂作の小さな息には、立派というのは、少々いいすぎだったという後悔が含まれているような気がして、雪江は、くすりと笑う。

「姉上、ここにいらしたのですか」

すべるように座敷へ入って来たのは、果して現岡島家の当主で、雪江の三つ歳下の弟、新之丞だった。

「新之丞、武士たる者がそのように忙《せわ》しなく廊下を駆けてくるとは何事です。武士が走るのは火急の際だけです。急ぐにも、常に足裏は地に着け――」

「そんなことはどうでもいいのです」

新之丞が雪江にぐいと顔を寄せてきた。

色白で、ぱっちりとした目許、長い黒々とした睫毛《まつげ》、通った鼻梁、形のよい唇。新之丞は、役者と見紛うばかりの美形だ。

眉間《みけん》に見事な立て皺を寄せても、端整な顔は崩れないのだと雪江は感心しつつ、この弟がなにをいい出すのかと身構える。

「髷《まげ》の」

新之丞は髷を丹念に整えながら、

「形が気に入らないのですよ」

唇を尖《とが》らせた。

「髷が、どうにも決まらんのです」

「は？　髷、ですか」

雪江は、訊き返しつつ、ぽかんと口を開けた。茂作も同様に呆気に取られた顔つきで新之丞を見つめる。

「それに、鬢《びんつ》付け油もいつもと違う。艶《つや》がない。こんな髷では、お城へは上がれませぬ」

雪江からすれば、いつもとさほど変わりがないように見える。しかし、新之丞は、私はいつもの油がよい、小鬢も髷尻も張りが違うと、たたみかけるようにいい募る。

仕舞いには、この髷を人に見られるのも嫌だと、雪江に食ってかかってきた。

「わたくしに文句をいうても始まらないでしょう。髷のひとつやふたつなんですか」

雪江が強い口調でいうや、はっと、新之丞が肩をすぼめた。

「わかっていないなぁ、姉上は。髷にも月代《さかやき》の剃《そ》り方ひとつにも流行《はや》り廃《すた》りがあるのですよ。いまは細めの月代です。女子の結い髪と同じですよ」

「ええ、わからなくて悪うございました。我が夫は――」

そのようなことで騒ぐような殿御ではありませんでしたと喉から出かかり、雪江は言葉を呑み込んだ。もう夫ではなかったのだ。にわかに複雑な思いが雪江に去来する。

新之丞は、雪江のそわつく様子を見ない振りをして、視線を宙に移した。それは、実家に戻って来た姉がうっかり口にしてしまった「夫」という言葉に対する精一杯の優しさのような気がした。が、この弟の髷へのこだわりはいただけない。

考えてみれば、新之丞は幼い頃から、小袖の色が、袴の意匠が、羽織の長さがと、ともかくうるさかった。無精髭を見つければ大騒ぎ、眉も一本一本毛抜きで抜いて整える。そういえば、新之丞の居室からは常に、それはそれはいい香りが漂ってくるが、白檀《びゃくだん》や丁字《ちょうじ》などを箪笥《たんす》や、あるいは練《ねり》香《こう》を座敷内に掛けておくせいだ。

「男子とはいっても、汗臭いのは敵いませぬのでね、制汗と臭《にお》いを防ぐためです」

新之丞は当然だとばかりにうそぶく。

だから、とくに夏の剣術道場に行くのを嫌った。汗をたっぷり吸った道着の臭いが充満している空間が耐えられないと、身震いしていた。

ただ、皮肉なことに、汗臭い道場仲間に近づかれるのが大の苦手な新之丞は、組太刀には滅法強い。鍔《つば》迫《ぜ》り合いなどになったら、臭いで失神するかもしれない。相手に近寄られるその前にするする間合いを詰め、一撃で決める。おかげで、剣の腕は道場の十傑に数えられているほどだ。

どういう理由であれ、武士として剣の腕があるのはよいことだと雪江は思う。けれど、もって生まれた人の性質は、歳《とし》を経ても、一家の当主になろうともまったく変わらないものだ。新之丞の嫁に来る者の苦労が、偲ばれる。もっとも、新之丞は降るような縁談をことごとく断り続けている。その訳もさだかではない。

雪江は膝を回すと、きちりと居住まいを正し、新之丞に座るよう命じた。

新之丞は渋々膝だけついたが、

「ともかく、若い髪結いだからと期待した私が愚かでした。もっと粋《いき》にまとめてくれるかと思っていたのに。即刻出入り禁止です」

ふんとばかりにそっぽを向いた。

「しかし、あの者は、大殿さまの髪を結っていた髪結い床の倅《せがれ》でして、腕はたしかだと聞いておりますが」

茂作がおずおずいうや、新之丞はきれいな顔を、苦々しそうに歪めた。

「倅だからといって、その腕前まで優れているものではないぞ」

そう吐き捨てた。茂作が、差し出がましい口を利きましたと、即座に平伏した。

「いい加減になさいませ、新之丞。茂作にきつくあたるものではありません。髷で大騒ぎするなど見苦しいにもほどがあります。それにいまは綱紀粛正、奢侈《しゃし》禁止、派手な形《なり》、振る舞いはお咎《とが》めを受けます」

現老中、水野《みずの》忠邦《ただくに》が敷いた改革だ。武家は文武両道に励み、贅沢などもってのほかであるのはむろんのこと、町人の暮らしも圧迫していた。

衣装から生活道具にまで口を出し、贅沢品と見なされれば、容赦なく捕まえ、手鎖《てぐさり》に処し、牢舎に収監した。庶民に人気のあった黄表紙、浮世絵も色数や値が制限され、とくに美人画や役者絵などは、人心を惑わすものとして禁止された。

最も睨《にら》まれたのは役者たちで、風俗を乱すとして、通りを歩く際には笠をつけ顔をさらさぬよう命じられ、芝居小屋も、浅草裏の空き地へと転居を命じられた。

雪江も、いまのご老中のやり方はあまりに極端すぎるとは思っている。女髪結い、女義太夫などの師匠も咎を受けている。女たちの生計を奪うことにつながるのが、おわかりにならないのだろうか。

奥右筆の新之丞は、若年寄や老中の決定などを書き留めているはずだ。無体《むたい》な真似をしていると感じていたとしても、お役目柄、そうしたことは一切他言無用。家族にさえ洩らさない。

髷の形ひとつで騒ぐこの弟がよく勤まっているものだと雪江は思う。だが、少々図太いか鈍感であるほうがよいのかもしれない。

「いいですか。髷のひとつやふたつで城に上がれぬなどと、軟弱なことをいっていては、岡島家が侮られますよ」

新之丞が、雪江をきりっとした眦《まなじり》で睨んだ。

「またそれですか。姉上も父上と同様だ。岡島、岡島と。どれほどのものかって話ですよ」

さらにふて腐れ、ようやく雪江の前に腰を下ろした。

「岡島は由緒ある家柄ってやつでしょう」

由緒ある家柄なのか、日和見《ひよりみ》に長《た》けていたのかは別にして、岡島の先祖は、北条氏政《ほうじょううじまさ》、豊臣秀吉、徳川家康という時の為政者に仕えた武将であり僧侶でもあった。天下分け目の関ヶ原の合戦で、石田三成率いる西軍側であった武将小早川秀秋《こばやかわひであき》を家康の東軍へと寝返りさせたらしい。その軍功を家康に認められ、武蔵国都筑《つづき》に知行地《ちぎょうち》を与えられ、千三百石の旗本として召し抱えられたのだ。

三河以来の家臣ではないが、能書家でもあったその先祖は、神君家康公には随分重用されたという。

一代前の、岡島家から養子に出た者は、老中にまで立身している。

つまり、岡島家はなかなか結構な家柄であることは間違いなく、なおかつ書に長けた家としても知られている。岡島に生まれた者が最初に握らされるのは筆だ。

小さな指で、しっかりと強く握れば握るほど、期待された。

そのため岡島家は書にかけて、幕府から全幅の信頼を寄せられ、右筆、奥右筆などのお役を途切れることなく代々務め続けていた。

「見目形にこだわるのもよろしいですが、それも限度がございます。男子であれば、まずはお役目に精を出されませ」

「お役目に精を出されませ、か」

新之丞は皮肉っぽく、雪江の言葉尻をとった。

「だからですよ。奥右筆というお役目は、重要な文書を記録、ときに作成し、ご老中や、若年寄さまのお側《そば》につく書記官ですよ。諸大名にもお会いする。みっともない姿であってはならんのです」

だからこそ、お役料の他に、四季施代《しきせだい》という衣装代もいただいている。

新之丞のいうこともわかるが、度が過ぎるというより軽薄さが漂っていると、雪江がさらに、たしなめようとしたとき、

「あらあら、新之丞、まだ支度を調えていないのですか。もう供は表に揃っておりますよ」

母の吉瀬《きちせ》が、座敷の騒ぎを聞きつけたのか、小袖の裾を引きずりながらのんきにやって来た。

「しまった。今日の袴を決めていなかった」

新之丞が弾《はじ》かれるように立ち上がると、

「母上、髷は大丈夫でしょうか？」

吉瀬に訊ねた。母は口許に薄く笑みを浮かべて、新之丞の髷を眺めた。

「そういえば、いつもより、艶も張りもないように思われますが」

吉瀬の返答に、我が意を得たりとばかりに、新之丞が雪江を見る。雪江は、勝手になさいと心の内でいって唇を結んだ。

「でしょう、母上。この髷では」

「でも新之丞、お城で目立つと、お目付《めつけ》がうるさいですよ」

「ああ、お目付か。たしかに嫌な奴らです」

目付は旗本の行状などを探るお役目だ。

「でしょう？　ですから、そこそこになさいませ。あなたはそれでなくとも人目を引く顔貌をしているのですから」

「なるほど。それもそうですね。これぐらいがいい加減かもしれません」

母の言葉に、新之丞はあっという間もなく籠絡《ろうらく》された。

頭ごなしに人を責めては聞いてはくれないこともある。相手の考えを一旦受け入れてから、諭す。

それに加え、新之丞の自尊心をくすぐるあたり、我が子の操り方を熟知している母でなければできない業だ。

これから、雪江は、人に書を教えようとしている。離縁された出戻り娘として、次の縁談が来るのを待っているのも、時の無駄であるような気がしたからだ。

でも、わたくしに教えを請いに来る娘たちがどれほどいるかしら、よしんば集まってくれたとしてもどれだけの指南ができるかしら、と雪江は不安げな面持ちで立ち上がった。

二

袴が、小袖が、裃《かみしも》がと、すったもんだのあげく登城の支度を調えた新之丞を見送りに母とともに玄関へと出ると、開け放たれた門の外に、娘たちが人垣を作っていた。二十人はくだらない。

「茂作。あんなにも」

眼を瞠《みは》る雪江の顔を見つつ、茂作が複雑な顔を見せた。

「あれは、その、あの」

茂作が妙にいい淀んでいる。きっと感激しているのだろう。

「書の道を学ぼうという若い娘たちがあれほどいるとは。わたくしも張り合いが出ます」

雪江は胸にそっと手を当てて、己の師匠である巻菱湖《まきりょうこ》へ深謝した。市河米庵《いちかわべいあん》と、京の貫名《ぬきな》菘翁《すうおう》、そして雪江の師、菱湖は、当世の三筆と称せられている。とくに菱湖は、大酒飲みで、性質はいささか偏屈だが、繊細さと豪胆さを併せ持った美しい文字を書く。見れば溜め息が出、読めば涙がこぼれる。

けれど、それに至るまで菱湖自身の修練があってこそなのだ。

まだまだ師匠の足下には遠く及ばない。だがこうして、雪江の許に集まってくれた娘たちひとりひとりに感謝を述べたいくらいだった。

雪江が、門の外で屋敷内を恐る恐る窺っている娘たちへ向けて声を張り上げようとしたとき、

「きゃあ」

と人垣から悲鳴のような歓声が上がった。

雪江が、眉間に皺を寄せ振り返ると、新之丞の姿があった。

「新之丞さまよ」

「ああ、新さまぁ」

「やっぱり素敵」

娘たちは口々に溜め息まじりの声を上げ始めた。中には、卒倒しそうなほどの娘もいる。

雪江は茫然としながら、脇を通り過ぎていく新之丞を仰ぎ見る。

つまり、いまここに集まってきた娘たちは皆、この新之丞が目当てだったというわけか。

雪江は後ろを振り向いた。茂作が肩をすぼめ、すまなそうに顔を伏せた。

「お庭を掃いて参ります」

逃げるように雪江の許から去っていく。

茂作、卑怯なり、と思ったが、勘違いして舞い上がったのは、わたくしだ。

茂作を恨んでみても詮方《せんかた》ない。

「では、母上、姉上、行って参ります」

「しっかりお勤めなさいませ」

新之丞が帯刀するときにも、娘たちから歓声が上がる。

「柄頭《つかがしら》に手をお添えになられたわ」

「あのお姿がたまらない」

雪江は新之丞を見つつ、色男でも醜男《ぶおとこ》でも帯刀の仕方は同じだと思うが、娘らの眼には、どんな仕草も新之丞風に映るのだろう。

新之丞は、いささか困ったような顔をしつつも、さして迷惑だというふうでもない。ただ、髷を執拗に調えると、供を従え、娘たちの間をすり抜けるように出て行った。

もしや、これは新之丞の登城の朝に毎回繰り広げられている光景なのかしらと、雪江は憮然《ぶぜん》とした。

さて、と母の吉瀬がうきうきと声を上げた。

「新之丞も登城いたしましたし、本日、わたくしは姉上の処へ茶飲み話に出掛けます。雪江は筆法指南の初日、張り切ってね」

出戻り娘の新しい門出に母の言葉はにべもない。

母には、ひとつ歳上の姉がいる。麴町にあるこの岡島の屋敷から、少し離れているが神楽坂近くに住む旗本だ。

「ところで母上、いつもこうなのですか？」

身を翻そうとした母の吉瀬へ雪江が声を掛けた。吉瀬が首を傾《かし》げる。

「そういえば、そうねぇ」

聞けば、父の采女が、新之丞に家督を譲り、知行地の武蔵国都筑で隠居暮らしを始めてからのことらしい。

采女が知行地へ赴いたのは半年前のことだ。雪江も、まだ離縁されてはいなかった。しかし、ひと月前、婚家を出てからは、屋敷の奥に籠り、花を活けたり、書をしたためたりの毎日で、日常のことなどには眼もくれなかった。まさか、屋敷の門前が新之丞見物で溢《あふ》れているなど、夢にも思わなかった。

吉瀬がいうところには、このあたりの一種の名物にもなっているという話だ。

対客登城前と呼ばれるものがある。老中や若年寄などの要職に就いているお方のお屋敷に、無役の者や、さらなる立身を望む者が、城に上がる前にお願いにあがる、それと似たようなものだとすれば、この娘たちの目的は、ひとつ。

新之丞に見初《みそ》められ、岡島家の嫁になることかと、雪江は踵《きびす》を返した。

そうした娘たちの思惑を否定する気はない。

武家の娘のたしなみとして、武芸はもちろん、琴や詩歌、裁縫、女大学と学ぶことは多々ある。

だが、やはり美しく文字を書くことも女子にとって大切だろう。美しいというのは、巧みということと同義ではない。悪筆といわれるが、そうではない。その人柄が書には出る。新之丞を追いかけるのも結構だが、ほんのわずかでも書に興味を持ってくれる娘がいたらと、雪江は少々落胆した。

「あら、雪江。新之丞の贔屓《ひいき》ばかりではないようですよ。幾人か、お帰りになりませんもの」

えっと、雪江は首を回した。

ひとりの娘がしずしずと門から入って来る。

眦の上がったきつい印象があるが、あごの細いきれいな顔立ちをしていた。

「お初にお目にかかります。書院番頭を務めております、小塚左衛門《こづかさえもん》の次女、卯美《うみ》でございます。こちらで岡島雪江さまより書を学べると伺い参りました」

そういうと丁寧に頭を下げた。

「汐江《しおえ》さま、涼代《すずよ》さま、さあ、お師匠にご挨拶を」

小塚卯美が振り向き声を掛けると、宮田《みやた》汐江、松永《まつなが》涼代が顔を見合わせ、そそくさとやって来た。

その様子から見て、三人は幼馴染みのようだが、この小塚卯美が、ふたりを従えさせているふうに思えた。

「あらあら、まあまあ。よかったわね、雪江。お弟子さんがいらして」

母の吉瀬は嬉しそうに両の掌《てのひら》を合わせ、眼を細めて、雪江を見る。

三人の娘に続いて、十人ほどの娘たちが恐る恐る門を入って来る。

雪江は胸が震えた。

この娘たちの魂胆が、新之丞の嫁の座狙いだとしても構うものかと思った。

こうして集まってくれただけでも十分だ。

文字を書くことの楽しさ、そして、記し伝えることの大切さを、この娘たちに気づいてもらえたらと、雪江は娘たちを見回し、

「岡島雪江でございます。皆さま、ようこそ」

そういって、柔らかな笑みを向けた。

三

屋敷から各々持参した文机《ふづくえ》を並べて、娘たちは、きちりと膝を揃えてかしこまっていた。供の者たちは別室に控えさせている。

一番前にいるのは、卯美だった。その両隣に汐江と涼代が座っている。

総勢十五名になった。用意していた座敷では足りず、茂作が感無量とばかりに襖《ふすま》をはずして、続き間にした。

幾分、緊張している娘もいる。十五、六歳、あるいはその下もいるようだ。それにしても、十五人もの娘が一堂に揃うとなかなか華やかだ。ここに揃った者たちは、これから大人になっていく。白く張りのある肌は、仲夏に入ったばかりの陽射しよりも、輝いているように思えた。

初日ではあるが、皆、この時勢に鑑みてか、地味な小袖に身を包んでいた。

だが、卯美だけは地色が朱で、桐と梅を大胆にあしらった物に、濃緑の帯、茶色のぼかしの帯締

め。さらに、髪にはつまみ簪《かんざし》を挿していた。雪江の眼がちかちかするほど派手ないでたちだった。

雪江は、自らの文机の前に座り、あらためて一同を見回した。

不意に、眼に飛び込んできた娘がひとりいた。一番後ろに座っている、青白いほどに透き通った肌をした娘だ。すっきりとした目許、薄くさした紅。楚々とした上品さが漂っている。

今朝、鋏を入れた百合の花そのものだ。

なんて、きれいな子かしら、と雪江は思った。白地の小袖の襟元から胸にかけて、燕《つばめ》の意匠が入っている。簪はなく櫛《くし》だけの、地味な形だが、どの娘よりも際立っていた。だが、どことなく違和感を覚えた。それが、なんであるのか雪江にはわからなかった。

「お師匠、どうなさったのですか？」

眼前の卯美から声が飛ぶ。雪江は、はっとして、慌てて口を開いた。

「では、まず皆さまのお名前を伺おうかしらね。お父上のお役などはいりませぬ。ただ、お名だけを教えてくださいませね」

「あら、まるでわたくしが父のお役を鼻にかけたとでもいうようにも思えます」

卯美が眼を伏せ、拗《す》ねたようにいった。

「そうではありませんよ。ここは、筆法指南所ですもの。わたくしの門人ということで皆、同じですから。町家でもそうでしょう。武家も町人も、分け隔てなく書を学んでおります。私の師匠もそうでした」

「巻菱湖先生ですよね」

卯美が吊り上がった眦をさらにあげて知ったふうな口を利き、続けて訊ねてきた。

「一万人もお弟子がいるというのは、まことのことなんですか。やはり書家でいらっしゃる市河米庵先生はそのようなことを自慢なさりませんけれど」

卯美の皮肉な物言いに、雪江は苦笑する。

菱湖自身、そのようなことを吹聴して回るような人物ではない。頑固で偏屈なところがありつつも、ひょうひょうとして、大名家の指南も面倒に思うような性質だ。そして、誰よりも弟子思いである。

雪江は、少々生意気な卯美へ諭すようにいった。

「それは、菱湖先生が自らおっしゃったことではございませんよ。先生はたくさんのお手本を版行《はんこう》なさっているので、江戸以外にも、先生の書を学んでいる方が多いということです」

たしかに菱湖の楷書、行書、漢詩などの手本は数多版行されている。一万人くらいが用いていてもおかしくはないだろう。

「さ、もうよろしいわね」

まだなにかいいたそうな顔をしていた卯美を雪江は遮った。

十五名は、堂々と、あるいは恥ずかしげに、己の名を述べた。そうしたときにもこの娘が引っ込み思案であるのか、積極的であるのかわかるような気がした。

最後に名をいったのは、雪江が眼を留めた娘だった。俯《うつむ》いたまま、小声でいった。

「笹本香《ささもとこう》、でございます」

「聞こえなかったわよねぇ、どなたかしら」

香がいい終えるかどうかのうちに、卯美の声が飛ぶ。忍び笑いを洩らしながら、汐江と涼代へ顔を向ける。汐江と涼代も、ええ、ほんにと頷いた。

「失礼致しました。あの、笹本香、です」

「おかしいわねぇ。笹本香ってどなたかしら。お名前変えたの？　あたしは、お香って呼ばれている材木屋の娘なら知っているけれど。よく似た方かしら？」

卯美の言葉に座敷内がざわめく。ひそひそと隣同士で話す者もいた。

なるほど、違和感を覚えたのは、町家の娘だったからだ。あれだけ美しい娘だ。どこかの武家に嫁入りするか、あるいは娘修業で大名家などへ奉公に出るかで、一時的に、武家の養女になったのだろう。

「香さんね。わたくしには聞こえておりますから、もう結構よ」

雪江はすべての娘たちの名を綴じ帳に記した。

卯美が唇を噛み、上目に雪江を睨んだ。それは、あきらかに邪魔者を見る眼つきだった。卯美と笹本香との間に一体なにがあるというのだろう。香がほっとしたように肩を落としたそのときだ。

「あたしは、訊いているのよ。笹本香とお香は別人なのかしらって」

卯美が苛立《いらだ》ちを隠さずに大声を出した。右隣に座る汐江が、「卯美さま、もうやめましょう」と、そっと袖を摑んだ。

卯美は、汐江を睨みつけ、

「訊きたいことを訊いてなにが悪いの？　答えない香って娘がいけないのよ」

くいと顎を上げて、摑まれた袖を振り払うように引いた。

雪江は、ふうと息を洩らした。初日から、なにやら嵐の予感だ。

「先ほども申したとおり、ここでは、家柄もお役もかかわりなく、等しく学んでいただきたいと思っております。それに――」

雪江が、いいかけたとき、香がすっくと立ち上がった。

「笹本香でございます。書を学ぶのは初めてのことで少々緊張しておりますが、とても楽しみにしておりました。皆さま、以後、よろしくお願い申し上げます」

顔を上げ、胸を張り、はっきりとした口調でいった。凛《りん》としたその姿に、あたりの雰囲気が一変した。香の近くにいた者は「こちらこそ」と笑顔を見せ、別の者たちも後ろへ首を回して、香に会釈をした。

先ほどの俯いたままの小声はお芝居だったのかと思うほどだ。雪江は眼を円《まる》くして、再び座り直した香を見つめた。

香は、すでに顔を伏せていた。

雪江は、心の内で微笑んだ。元はお香という材木屋の娘ならば、木場で働く男たちも相手にしていただろう。見た目は、白い百合だが、存外、赤黄色の花弁を持つ鬼百合なのかもしれない。

卯美だけが、悔しそうに爪を嚙んでいた。汐江と涼代のふたりが、なだめるように卯美の肩に手を添える。

卯美はただ町家の娘というだけではない憎しみを香に抱いている。その憎悪の根がなんであるのか、そこを掘り出してみるべきなのか悩みながらも、

「さ、では始めましょうか」

雪江は背筋を正して、声を張り上げた。やや自分の声がうわずっているように思えた。これまで他人へ指南をしてこなかったわけではない。が、これだけの人数を前にするのは初めてだ。ましてやこれまでは、己のためだけに筆を執ってきたことを考えると、緊張しないはずもない。

兄弟子の中沢雪城《なかざわせつじょう》の言葉が不意に甦《よみがえ》ってきた。たった一本の線を書くため、幾枚も反古《ほご》にした。師の菱湖の許へ通い始めて間もないときだった。十四の頃であったから、もう十二年前になる。

「肩肘を張らず、雪江さんは伸び伸びやればいい。巧く書こうとするから、しくじる。己の書く線が、筆が、天に導かれていると思ってやりなさい」

わたくしの筆が天に導かれている？ そんな馬鹿なことがあるはずはない。十歳上で、すでに菱湖四天王のひとりである雪城だからこそ、到達できる思いなのだとそう感じた。それでも半信半疑で、再び筆を執った。

わたくしの思いが通じるなら、導いて――。

そう願ったとき、不思議と筆を執るその指が一体になったような気がした。わたくしが筆を操るのだ。そんな傲慢さが消え、苛立ちが消え去り、穂が素直に動いた。驚いた。ささくれた心が急に洗われたようだった。

雪江は初めて書に触れたような気がした。

そのとき書いたのが「仁」のひと文字だった。

雪江は、指南日毎にひとつの漢字を書かせようと思っていた。初めての指南の日は、この「仁」に決めていた。

「書は手本を元に幾度も書く臨書が必要です。でも、それは手で写すだけではありません。目でよく見ることが肝要です。これは、手習いでなく、目習いといいます」

雪江は、自ら書いた「仁」のひと文字を掲げた。

娘たちが、溜め息を洩らした。雪江の力強さの中にある流麗な筆遣いを、食い入るように見つめていた。

「その漢字を本日は教えていただけるのですか？」

後方に座る者が訊ねてきた。雪江は静かに頷く。

「そうです。でも、筆を執る前に、まずは漢字を知っていただきたいのです。その成り立ちや、持つ意味を知ることで、おのずと書き方も変わって参ります」

仁は、儒教において説く五徳、仁義礼智信の中で最上にあるものですと、雪江は話を始めた。

「つまり、仁とは思いやりの心を持ち――」

ああ、つまんないと、卯美が首を仰《の》け反《ぞ》らせてから、文机に突っ伏した。

「卯美さん、お師匠の話、聞きましょうよ」

涼代が小声でいった。

「だって儒教なんか、わたくしたちにはなんのかかわりもないし、お寺の念仏か説法を聞いているみたいなものよ」

と、武家の娘にあるまじき大あくびをした。

それよりも、と卯美は身を起こして、頬杖をつくと雪江にいった。

「お師匠は、出戻りと伺いましたが、まことのことですか」

四

汐江が、「出戻りはいいすぎじゃない」と眉をひそめた。卯美は、あらと眼を見開き、それもそうねと、指を口許にあてて笑った。

多少なりとも覚悟はしていたとはいえ、近頃の娘は、はっきりした物言いをするものだと、雪江は苦笑した。

「皆さまも、聞きたいでしょう？　わたくしは、お師匠が離縁なされて、この筆法指南所を開かれたと父母から教えられたんですけど、まことかしらって」

卯美は身を乗り出し、興味津々といったふうに雪江を見る。

「まことでございますが、なにか不都合が？」

と、問い返した。

ほら、やっぱり噂どおりだったのよと、卯美は満足げに隣の汐江を肘で小突いた。

「離縁なされたその訳をお聞かせいただきとうございます」

さらに卯美が訊ねてきた。

「わたくしたちもいずれは嫁ぐ身なれば、やはり伴侶となるお方とは一生添い遂げたいという望みがございます」

それが、三年も経《た》たず、ご実家にお戻りになった方を、お師匠さまと仰ぐのも少々不安がございますと、卯美は香をふと見やって、口角を上げた。

「困りましたね。手習いではなく、私の噂をたしかめにいらしたということかしら」

雪江が逆に訊き返すと、それだけではございませんが、と卯美はまったく悪びれずに雪江に視線を返してきた。

「もう、おやめくださいませ。小塚さま。これではちっともお師匠の指南が進みません」

列の中ほどにいた娘が声を上げた。

丸顔で眉の太い子だ。名は、富田《とみた》幸《ゆき》。器量良しとはいいがたいが、名をいうときもはきとした声音でいった娘だ。

「あら、富田さま。お父さまはお元気でいらっしゃる？　せっかく書院番組頭となりながら、組下に気鬱の病で出て来られない者がいるそうねえ。妙なものに執着しているとか」

ちらと香を見た。

「どうにかしないと、お役を失いますわよ」

卯美が肩を上げて、愛嬌たっぷりな顔をする。幸が悔しげに唇を噛んだ。

「せいぜい病の者を早くお役に戻すことね。責めを受けて小普請《こぶしん》入りじゃお気の毒」

小普請とは無役、あるいは老齢や病、家督を継いだ直後の嫡男など、お役についていない者が属するところだ。

小普請という名の表すとおり、城の城壁の修繕などを請け負うお役ではあるが、実際は、家禄によって決められた小普請金というものを払うだけの名目上の役だ。

数人の娘たちが顔を伏せた。おそらく無役の小普請入りの家なのだろう。

「やだ、俯かなくてもいいじゃないの。持参した文机、筆、墨、硯《すずり》を見れば、どれほどの家柄かは、すぐにわかるわよ。ね、香さん」

卯美が首を後ろに回す。

香の文机は、漆塗りの立派なものだ。まだ光沢があり、誂えたばかりといったふうだ。

香はひと言も返さず、顔色を変えることもなかった。

「ああ、退屈。ねえ、お師匠、どうせ娘ばかりの筆法指南所なら、恋文の書き方を教えていただきたいな」

卯美の言葉に座敷内がざわついた。

雪江が、そうねえと口にしたことで、娘たちの視線が一斉に集まる。

「殿方へ送る懸想文こそ、書く方の心が表れる書なのかもしれませんね。書画といいますが、画を描くのと同じように書も技芸のひとつです」

かの弘法大師も、むしろ友人に宛てた私信のほうに、人となりが表れているといわれますと、雪江は、筆を執った。

「貴方さまを、お慕い申し上げております」

するすると筆を運び、楷書、行書で記す。

そして、雪江自身の筆法で穂先を運ぶ。

「三つとも同じ文言ではありますが、見たときに、一番、魅かれるのはどの書体でしょうか、汐江さん」

雪江から、唐突に訊ねられた汐江が、ちょっと驚き顔をして、

「お師匠の書かれたものが好みです」

汐江は「貴方」と「慕い」という字に、想いが籠っているといった。

「ありがとう。でも、これは、わざとそう書いたものなのです。わたくしが秘めている邪《よこしま》な心が書かせたといってもよいでしょう」

汐江は、不可思議な顔をした。

「相手に、そう感じてもらいたいから、そう思ってもらえるように書いたのです。想う相手に伝えたい、そう想うからこそ、筆にも表れてくるのです」

わかりますか？　と雪江は汐江に問う。

「ええ、なんとなくですけれど」

小首を傾げて、汐江は自信なさそうにいった。

「書は様々なことを表せます。自分の感情、性質すら出てくるものなのですよ。そのときに苛立っていれば、自然と文字も苛立っています。穏やかな心であれば、穏やかな文字となります。けれど、

それに至るにはまずは優れた書を観ること、臨書をすること。続けていくことで文字がわかってきます。よりよく相手に伝える懸想文を書くためにも、楽しくやりましょう」

雪江は、「仁」について述べた。

卯美が墨を磨り始めた。小さな声で「面倒」といった途端、涼代が卯美の硯を自分の文机に載せ、卯美の分も磨った。

一刻（約二時間）ほどの指南を終え、娘たちがかまびすしい声を上げながら、座敷を出て行くと、供の者たちがすぐさま片付けを始めた。

香と話をしたかったが、すでに姿はなく、供もいなかった。

茂作と襖を元にはめ戻して文机の処に戻ると、富田幸がその傍らに座っていた。雪江を待っていたようだ。

「お師匠さま。本日はかたじけのうございました。ためになるお話をお伺いでき、大変嬉しゅうございました」

指をついて、頭を下げた。

「わたくしも話しすぎたのではないかと、少々冷や冷やしておりました。皆さまに飽きられてしまって、次はもういらっしゃらないのではないかと」

幸は、首を横に振る。

ただ、その表情はどこか固い。帰り際に礼をいうだけのために残っていたふうには思えなかった。

雪江の記した懸想文をしげしげと眺めていた。

雪江は、片付けの手を止めて、幸と向かい合って座り直した。

「わたくしに、なにか話があるのではないかしら？」

そう訊ねると、幸は丸い木の実のような唇をつと嚙み締めてから、顔を向けた。

「香さんのことです」

幸が娘らしい純真さをその瞳に宿らせた。

五

新之丞が上機嫌で下城してきた。

城中で、若い者たちに髷を褒められたのだという。

「綱紀粛正、奢侈禁止という窮屈なお改革の最中に、そうした緩い髷が粋だと若い同役たちから絶賛されましてねぇ」

部屋着に着替えながら顔がほころんでいる。武家も改革の厳しさに辟易しているのだ。

「ご老中の前じゃ、皆、それなりに真面目な顔をしておりますけれど、商売人たちの符丁まで禁止するのは、もうやり過ぎでしょう」

さすがに雪江もそう思う。それぞれの商売にはその商売仲間で通じる言葉がある。他の商売人や客を不快にさせないためのものでもある。そうした符丁までも使ってはならないというのは、的外れなような気がする。

「ということは、今日の髪結いは出入り禁止としなくてもよいのですね」

雪江は意地悪くいった。

「誰が出入り禁止にするなどといったのかなぁ。若いのに、いい腕をしているなぁ。こちらの気持ちが通じたんでしょう」

調子がいいにもほどがある。

雪江は呆《あき》れ顔で、弟の脱ぎ散らかした裃や小袖を乱暴にたたむ。

「姉上も気をつけてくださいよ。女師匠がことごとく捕まえられていますからねぇ」

皮肉を投げつけるようにいった。

「筆法指南であれば、ご老中さまとてなにも申されないでしょう。武家の息女が書を学ぶのはよいことです」

「で、初日はうまく運んだのですか？」

「それなりには」

雪江が息を吐くと、新之丞が、

「どうしたのです。姉上らしくないなぁ。茂作から聞きましたよ。十五人も集まったと」

半分以上は、私狙いでしょうけれどね、と新之丞は臆面もなくいった。

「はいはい。そのようですよ」

困るんだよなぁ、私はまだ嫁取りなどしたくはありませんからね、そういうと、腕を枕に寝転がった。

「で、どうなさったのです」

新之丞が雪江に顔を向ける。

「姉上の暗い顔を見るのは、もうたくさんです。今日、久しぶりに道場へ行って参りました。行くつもりはなかったのですがね」

雪江ははっとして、寝転がったままの新之丞を見た。

「弟弟子に稽古をつけに来ておりましたよ。義兄上《あにうえ》が」

そういってから、新之丞は、もう義兄上ではないんでしたっけねと、苦々しくいった。

「いまは、道場の兄弟子、森高章一郎《もりたかしょういちろう》です」

雪江は俯いた。名を聞き、身体の芯が疼《うず》くような気がした。

「持参金と嫁入り道具は、一両日中に森高よりお返しに上がると、それだけいうておりました。お役目が忙しかったようで」

そうですかと、雪江は頷いた。このひと月、森高家からはなんの報せもなかった。もしかしたら、章一郎さまも後悔しているのではないかと淡い期待を抱いていた。だが、それももう、終わりだ。岡島からの持参金と嫁入り道具が戻ってくれば、森高に戻ることなど決してない。

いきなり、新之丞が起き上がった。

「私が章一郎さんを兄のように慕っていたからこそ、その人柄に惚れ込んでいたからこそ、姉上に会わせた」

なのに、離縁の訳もはっきりとさせないこの仕打ちはなんですか、姉上も姉上だ、なにゆえ承諾なされたと、新之丞が詰め寄ってきた。

「私は章一郎さんを見損ないました。姉上を守る、幸せにすると、婚儀の前にふたりで飲んだとき、そういったのですよ。私は、章一郎さんを許さないとそういってきた。むろん、なにも言い返してはきませんでしたが。姉上には、まことに申し訳なく思っております」

「新之丞が憤ることでもありませんし、責めを感じることもありませぬ」

わたくしに落ち度があったのでしょう、あるいは義父上《ちちうえ》、義母上《ははうえ》に気に入られなかったのかもしれません、と雪江は笑って、居室にも飾った百合の花へと眼を移した。

「わたくし、粗忽者《そこつもの》ですしね、森高家のお皿を幾枚割ったかしれません」

「そんなことがあったのですか？」

新之丞が眼をしばたたいた。

「かなり高価な物を、ぱりんと。お義母さまの頬が引き攣《つ》っていましたもの」

それと、掛け軸の図がなんとも稚拙だったので、わたくしが筆を加えたら、ご先祖が描いたものだったとか、庭木の新芽をすべて切ってしまったとか、と雪江は森高でのしくじりを次々と並べ立てた。

次第に、雪江自身も可笑《おか》しくなって笑い出すと、新之丞も「さすがは姉上だなぁ」と陽気に笑った。

ひとしきり笑い合うと、雪江はすっきりとした気分になった。新之丞もそのようで、茂作を呼ぶ

いた。

茂作は、姉弟のたわいもない争いを横目で嬉しそうに見つつ、ふたりの前に湯飲みと、羊羹《ようかん》を置
「書だけとはなんです」

「姉上の粗忽が酷かったんでね。なのに、どうして、書だけは巧いのかが不思議だ」

どこか安堵《あんど》したようにいいながら、茂作が入って来た。

「なにやら、楽しげにお笑いになっておりましたなぁ」

と、茶を所望した。


「奥さまが先ほどお帰りになりましてね、到来物で」

伯母の処からのいただき物かと、雪江は早速口にする。甘みが舌の上に広がる。

やはり、初めての指南で疲れていたのだろう、甘い物がより美味しく感じられた。

ようやく、雪江の頭が回り始めたような気がした。

「そうそう、新之丞。書院番頭の小塚さまを知っている？」

ん？　と新之丞は茶を口に運びつつ、首を傾げた。城には、かなりの人数がいる上に、奥右筆の詰め所は、老中、若年寄の御用部屋近くで、城中でも大奥側にある。

片や、書院番頭は菊の間。表御殿側だ。

「知りませんが、その書院番頭の小塚某《なにがし》がどうかしたのですか？」

「その娘の卯美というのが、小生意気で意地が悪いというか。幼馴染みのふたりを従えているのですけど」

ははあ、よくありがちだなと、新之丞が羊羹を齧《かじ》った。

「で、笹本香という娘をなぜか目の敵にしているのよ」

雪江は富田幸から聞いた話を新之丞に告げた。

「つまり、笹本香は材木屋の娘で、もうすぐどこかの武家に嫁ぐために笹本家の養女になったということですよね」

なんの不思議もないと、新之丞はつまらなそうに真っ直ぐ伸びた眉を寄せる。

「違うのよ。その幸がいうには、書院番士の竹本信蔵《たけもとしんぞう》という人がかかわっているんじゃないかっていうの」

「ややこしいなぁ、姉上。もう少し、話を整理してくれませんかね。そんな話は奥右筆だと、地獄箱行きです」

それはひどいわと、雪江は頬を膨らませた。

奥右筆の御用部屋には地獄箱と呼ばれる箱がある。奥右筆は、老中、若年寄と近しいお役目のため、大名や旗本らの嘆願が寄せられる。ようは藩主が病のため、参勤交代の時期を変えてほしいとか、城中は寒いので足袋《たび》を着用したいとか、いろいろだ。

だが、あまりにも無茶な願い事は、後回しにされ、地獄箱に投げ込まれ、取り上げられることは皆無だ。

と、いきなり新之丞が膝を打った。

「竹本信蔵なら知っておりますよ。気鬱《きうつ》の病で屋敷に籠っている男です」

そうか、わかったぞと、新之丞は雪江を見て、にやりと笑った。

「卯美は、その竹本信蔵に惚れていたんでしょ。でも、竹本は笹本香に袖にされて、気鬱の病になった。卯美は竹本を振って他家に嫁ぐ香が許せない、そうじゃありませんか？」

雪江は、半分は当たっているのだけど、事はもっと複雑なのだと、茶を飲んだ。

「香への想いは、竹本信蔵の歪んだ一方的なものなの。しかも、香本人じゃないのよ」

雪江は、羊羹を押し込むようにして食べ終える。

「香本人じゃないって、わかりませんね」

雪江は、首を横に振る。

「錦絵の香なのよ。材木屋の娘のときのお香」

新之丞が羊羹を喉に詰まらせ、眼を白黒させた。

六

書院番組頭である富田幸の父親は、組下の竹本信蔵の病を心配し、十日ほど前に屋敷を訪ねたのだという。

すでに病気願いを出してから、半年以上が経過しており、このままでは竹本がお役を失いかねないと案じてのことだった。

竹本信蔵は家族を亡くし、いまは中間と数人の家士が世話をしている。

家士のいうところでは、座敷から出るのは、厠《かわや》と湯に入るときだけで、食事は居室の前に置いておくらしい。

幸の父は、竹本に会えずとも構わぬから、来たことだけを伝えてほしいと告げると、意外なことに、竹本本人が姿を現した。

少し痩せてはいたが、竹本はさほど変わらぬように見え、幸の父を喜んで招き入れたという。お役を続けたいという望みも持っており、その点では安心した。

だが、厠に立った幸の父が、わずかにあいていた竹本の居室を覗いて仰け反った。座敷の壁、天井に至るまで、錦絵が張られていた。

「当世美人材木屋お香」

すべてが、その錦絵だった。

震えが止まらず、廊下に立ち尽くした幸の父の後ろに、いつの間にか竹本がいた。

「美人ですよねぇ」

眺めているだけで幸せな気分になるのですよと、竹本は恍惚《こうこつ》の表情をうかべていったらしい。幸の父は声をうわずらせながら、本人に会ったことはあるのかと訊ねると、

「私が好いているのは、この錦絵です。優しげな眼、通った鼻筋、柔らかな微笑み。清々しい乙女の香りが漂ってくる。私はこの錦絵がたまらなく好きなのですよ。ですから、生身に会うなど考えたこともありません」

消えてなくなりませんから、ずっと私の傍《そば》におりますから、と陶然とした面持ちでいった。その

後も、この錦絵が、自分にどう語りかけてくるか、どう対話しているか滔々《とうとう》と語り始めた。

幸の父は、養生して早くお役に戻れと、それだけいうと、竹本の屋敷を後にした。

道々、震えが止まらなかったという。

錦絵の女子に岡惚れするなど、やはり竹本はどこかおかしいと、幸の父は慄然《りつぜん》としながら、帰路を急いだ。

「父は書院番組頭でございますから、おそらくその話を上司の小塚さまに伝えたのだと思います。それが卯美さまにも伝わって、今日の話になったのではと」

幸は、雪江にすべて話し終えると、ようやく肩の荷が下りたかのような顔をした。

でもと、雪江は新之丞にいった。

「卯美が香になにゆえあそこまで執拗なのかはわかりかねます」

「それは竹本信蔵に卯美が惚れていたと考えるのが一番手っ取り早い。そうは思いませんか、姉上」

ですが、と雪江は新之丞の言葉に承服しきれない引っかかりがあった。

「ま、若い娘ばかりの筆法指南所だ。これからいろいろなことが起きるのじゃありませんか。その卯美という娘が、なにか引き起こさなきゃいいですけれどね」

少し横になりますと、新之丞は立ち上がった。座敷を出る新之丞へ、

「章一郎さまのこと、ありがとう」

雪江は笑みを向けた。

新之丞は、ただ首を振り出て行った。道場へ赴いたのは、気まぐれじゃない。章一郎さまと会ったことも偶然ではないのだろう。

新之丞は、軽薄だけれど、無駄なことも嫌う。きっと、章一郎が道場に来る日を調べたのだろう。

雪江は、再び指南していた座敷に戻り、文机の前に座り背を正した。目蓋《まぶた》を閉じ、心を鎮めた。

夕暮れの濁った光の粒が、雪江の身を包んでいる。温かい光の粒。天と己が繋がる。

あまりにも忙しない一日だった。

雪江は数え七つになるとすぐに、書を学び始め、十二の頃に巻菱湖の許で修業を始めた。

それまでの師匠は、どこか女を侮るふうがあった。雪江には、岡島家の一員としての自負があった。書の道には男も女も、性差はないと思っている。女子は、女文字さえ書ければいいと揶揄《やゆ》されたこともあった。

だが、菱湖にはそれがなかった。男女の差がない分、厳しかったが、好きなように書けた。それが嬉しかった。

雪江は、眼を開けると水滴から硯に水を垂らし、墨を取った。

焦らず、力を入れず。

墨と水が互いを優しく受け入れるように、ゆるやかに磨る。硯と墨が擦れ合う音が雪江の心を穏やかに導く。急ぎすぎ、力を入れすぎると、発墨《はつぼく》が悪くなる。

墨から白檀の香りが立ち上り雪江の鼻先をくすぐる。墨の香りがひそやかに身を満たす。

漆塗りの紙箱から、一枚の紙を手に取ったとき、雪江ははっとした。

雪江が記した懸想文の文言を書いたものがない。

雪江はあたりを探した。風に飛ばされたのではないかと、庭にも下りた。

見当たらない。茂作を呼び、探させたが、やはりなかった。

とすれば、誰かが持っていったのに違いない。ひと言いってくれれば、譲らないわけではなかった。お手本にしたかったにしても、黙って持っていくのは、困ったものだ。

誰が盗《と》ったのかと特定する気はない。

次の指南日は五日後だった。

それとなく伝えることにしようと、雪江は息を吐く。
十五、六歳はもう嫁に行けるとはいえ、心はまだまだ子どもだ。雪江にも記憶がある。感情の起伏が激しく、急に泣きたくなったり、笑い転げたり。自分の将来《さき》を不安に感じたことなどいくらでもある……。
それを過ぎ、娘から女子へと変わっていく。そうした年頃の娘たちを相手にする難しさを雪江は感じていた。


四日後のことだった。

「姉上、大変ですよ」

雪江は、執っていた筆を止め、顔を上げた。

「なんです、その髪」

まだ髪を結い上げていない新之丞の姿に雪江は思わず、噴き出した。

「矢でも刺さっていれば落ち武者ですね」

「冗談いっている場合じゃありませんよ。竹本信蔵が、昨晩、香の実家に乗り込んだんです」

雪江は思わず息を呑んだ。

「どこからそんな話を」

「いま来ている髪結いの銀《ぎん》さんからですよ」

たしか髪結いの名は銀次《ぎんじ》。銀さんなどと呼んでいるあたり、よほどお気に入りになったようだ。

新之丞は姉の鈍感さに呆れるように声を荒らげた。

「銀次は、ちょっとばかり北町のお役人と繋がりがあるんですよ。材木屋にいきなり竹本が抜き身を引っさげて現れたんだそうです」

これはなんだと文を差し出し、眼を血走らせ、叫んだという。

まさか、それはと、雪江は身を乗り出した。

「貴方をお慕い申し上げております、と記されていたのでは？」

ざんばら髪の新之丞が、驚く。

「なにゆえそれを、姉上が」

「お香と、名が足されていたのでしょう？　違いますか」

新之丞が不審な顔をする。

「足されていたのか、どうかはわかりませぬが、文言はそのとおりです」

雪江は、初日の指南で、懸想文を教えてくれと卯美にいわれ、書体による印象の違いを知ってもらえればと、書いたものだ。

それは、わたくしが書いたものですと、雪江がいうと、

「なぜそれが竹本の手に渡ったのですか」

新之丞が髪を振り乱した。

「あの、新之丞。先に髷を結っていただいたらどうかしら？　なにやら、お芝居を観ているような気がしてしまって」

雪江がいうが早いか、「銀さん、銀さん」と新之丞が叫んだ。

「へーい」と声がして、銀次という髪結いが足早にやってきた。かつて岡島に出入りしていた厳《いか》つい父親と違って、細面の狐面のような容貌をしている。

髷には、女物の玉簪をさりげなく挿していた。これも当世ふうなのかしらと雪江は訝る。

「これは、姉上さま、お初にお目にかかります。髪結いの銀次でございます。此の度は、親父になりかわりまして、ご当家に出入りさせていただきやす。末永くよろしくお頼み申しやす」

髪結い道具を入れた鬢盥《びんだらい》を脇に置き、膝を揃えて、頭を下げた。

「どうもこの一件は、姉上が開いた筆法指南に集まった娘たちがかかわっているようなんだよ」

ほう、と銀次が細い眼を見開いた。

竹本の持っていた文は自分が書いた物だということ、そしてそれは指南の日に書いたが、なくなっていたということ。

「ってこたぁ、その文をここから持ち出した娘が、竹本へ渡したってことになりましょう」

銀次は、新之丞の髪を櫛で梳《す》きながら、小難しい顔をした。

「武家娘が絡んでいるのは、面倒でございますねぇ。で、文を黙って持ってっちまった娘の目星はついているんですかい？」

雪江は、疑いたくはないがと、前置きしてから口にした。

「父親が書院番頭の卯美が、おそらく幼馴染みのふたりのどちらかにやらせたと、わたくしは思っております」

さらに面倒くせえと、銀次は遠慮なくいうと口許を歪めた。

「その卯美って娘は、竹本ってお侍が錦絵を座敷中に飾っていたのも知っていた？」

幸の父親が上司である卯美の父親に報告していると、銀次を見ながら雪江は唇を結ぶ。

「あっしも、北町の旦那について行って竹本の座敷を見せていただきましたが、いやぁ、気持ちが悪かったのなんの。隙間なくですからね。背筋が凍りつきました」

錦絵の女子に惚れるなんざ、尋常じゃねえですよと、銀次が本気で薄気味悪いという表情をした。

「もう夕刻には瓦版《かわらばん》にもなりますよ。ここの娘に慕われる筋合いはないと、縁もゆかりもない女からの文など迷惑だと、怒鳴り散らしたそうですからね」

そのうえ、書院番士です、城中の警固はむろん、上様をお守りする立場のお役目ですから、商家で抜刀したとあっては、と新之丞は表情を曇らせた。

「こんなことがご老中のお耳に入れば、即刻処罰されるでしょう。竹本だけで済めばまだよいですが」

雪江は声を震わせる。

「娘心のおこしたほんの悪戯《いたずら》だと」

「悪戯にしては、度が過ぎてやしませんかね。錦絵の女に惚れ込んでるなんて、竹本ってお武家はたしかに薄気味悪い。からかってやりたくなる気持ちもわかりまさ。錦絵の像主になっている女から文がきたんですから」

あっしにそんな懸想文が届いたら一目散に飛んでめぇりやすがね、と、銀次は手際良く元結いをすうっと一本抜き出して、新之丞の髷を造り始める。竹本ってのは、そうじゃねえんですよ。生身の女子は嫌だといっているんです。それを知っていてわざとやったのであれば、もう悪戯じゃねえですよ、姉上さま、と銀次は鋭い眼を向けた。

「いま竹本信蔵さんはどこに？」

「伝馬町《てんまちょう》の牢屋敷でおとなしくしてまさ」

きちりと正座をして、牢番に、

「錦絵を一枚、屋敷から持って来てはくれまいか」

そう頼んだという話だ。

新之丞が大きく息を吐いた。

「竹本信蔵が哀れに思えて参りました」

雪江も同じ思いを抱いていた。竹本がそこまで、お香の錦絵にこだわる訳が知りたい。

そして、その竹本を追い込んだのが、卯美たちだとしたら——。

いや違う。

雪江は、指南日初日の光景を順に思い起こした。

あの文を黙って持って行ったのは、卯美ではない。卯美たち三人は、まだ雪江が文机の前に座っているときに帰って行った。

だとしたら、あのときしかない。茂作とともに襖を入れ直していたときだ。雪江の文机の側にいたのは。

「銀次さん、明日は筆法指南の日です。竹本さんがしでかしたことは、罪になるかもしれませんが、ちょっと待っていただきたいのです。このとおり」

雪江は、銀次に向けて頭を下げた。

「あっしは御番所のお役人じゃやねえですよぉ。それに竹本さんはれきとした直参《じきさん》だ」

「わかりました、姉上になにかお考えがあるのでしたら、私がなんとかいたしましょう」

あらと、雪江は眼を見開いた。

新之丞がいやに頼りになる者に見えた。

「ま、岡島家の当主ですから、お任せください。いざとなれば、地獄箱にでも入れてしまいます」

新之丞は楽しげに笑ったが、髪が引き攣れ、「痛いよ、銀さん」と文句を垂れた。

七

提灯《ちょうちん》の灯りを頼りに、雪江は足を速めた。

麹町の新道通りにある屋敷の前に雪江は立った。供には茂作を連れていた。

潜り門を茂作が叩くと、すぐさま取り次ぎの家士が不審げな顔を覗かせた。

「わたくし、麹町の岡島雪江と申します。このような刻限に不躾《ぶしつけ》とは存じましたが、こちらのご息女にお会いしたいのですが」

「岡島、雪江さまでございますか？　もしや筆法指南の」

「左様でございます」

代わりに茂作が返答をする。

「少々、お待ちくださりませ」

家士はすばやく身を翻した。ややあって、潜り門が開き、招き入れられた。

「茂作はここで」

へいと、提灯の火を吹き消した茂作は、玄関の横で控える。

客間に通された雪江は、出された茶を一口だけすすった。喉が渇いていた。

失礼いたしますと、若い声がして、障子が開けられた。

廊下に平伏するその姿へ眼を向けながら、

「わたくしが、なにゆえ参ったのかおわかりですね」

雪江はいった。

富田幸が頷き、その場で泣き崩れた。

「竹本さまをお慕いしておりました」

「廊下では、皆さまに筒抜けになりますよ」

幸は腰を上げ、座敷に入ると、静かに障子を閉めた。

「父は自分の組の配下を屋敷に呼んでよく労《ねぎら》うのです。その中には竹本さまもおりました。いつも、わたくしに優しく声をかけてくださり、親しげに話もさせていただき、そのお人柄に、次第に魅かれていきました」

幸は恥ずかしげに語った。

「それで、錦絵ばかり眺めて暮らしている竹本さまが憎くなって、あのようなことを？」

幸は、いいえいいえ、と童のようにかぶりを振った。

「もう材木屋のお香はいないのだと、夢から醒《さ》めて欲しいと思ったのです。だって、いまお香さんは、笹本香となったんですから」

「ならばなぜ、懸想文を渡したのです」

「わたしは父から聞いておりました。もう竹本は正気ではないと」

ならば、あの文を渡せば必ず材木屋へ行くと思った。そこで、もうお香という娘はいないことを目の当たりにすれば、あきらめて元の竹本さまに戻ってくださるのでないかと、幸はしゃくり上げながらいった。

「浅知恵もいいところですよね。自分でもなにをしたのか、わかっていなかったのですから」

幸は自嘲《じちょう》気味にいって、少し笑った。竹本への募る想いがさせたものだったのだろう。

「でも、わたしは気づいたんです。竹本さまは、お香に魅かれていたわけではないと」

幸は、瓦版を胸許から差し出した。

名は出されていないが、どこでどう調べたものか、生身の女が嫌いな武家と、からかい半分、面白半分に書かれていた。

「竹本さまは、ご家族を病で次々亡くされました。三か月の内に三つのお葬式を出したのです。最後が、妹さまでした。それでもまだ竹本さまはお役に励んでいらっしゃいました。軽口も叩いて、痛々しいほどでした。でも、もう半年以上前になります。急にお役を休んだのです」

おそらくそのとき、あの錦絵を絵双紙屋で見かけたのだろう。

幸は、筆法指南所で初めて笹本香を見たとき、竹本の妹の生き写しだと心の臓が飛び出すかと思ったという。

妹は少し病弱で友人が少ないから、話し相手になってくれと竹本から頼まれ、よく屋敷へ遊びに行ったと幸は懐かしそうにいった。

「竹本さまの自慢の妹さまでした。嫁ぐ先も自分が吟味するといってはばからないほど、慈しんでおられました。その妹さまに、香さまは、ほんに眼も口も、顔の形、青白い肌までもそっくりでした」

竹本は、お香の錦絵に亡くした妹を見ていたのだ。

「わたしは、竹本さまに酷《ひど》いことをしました。竹本さまのためだと考えつつ、その実、わたしはわたしのことしか頭になかったのです」

丸顔で眉も太くて、鼻もぺしゃんこ。妹さまとは正反対の容貌です。それでも、少しだけでも、わたしを見ていただきたかったと、幸は思いの丈を吐き出すようにいった。

雪江は、黙って幸を引き寄せた。

「お師匠さま」

幸の身体の温もりが雪江に伝わってくる。

「先日の話、覚えているかしら」

幸は雪江の胸許に顔を埋めたままで頷く。

「仁の字は、人と二本の線からできています。思いやりの心、慈しむ心。そうした意味を持ちます」

覚えておりますと、幸がいう。

「竹本さまは深く傷ついているのでしょう。それを癒して差し上げることが、幸さまの仁の心ではありませんか？　それとね、仁の一字を分けてごらんなさい。人という字と二。二人となります」

「ふたり？」

幸が呟いた。

「そう、二人で、ひとつの字となっているのですよ。時がかかるかもしれませぬが、いつかそうなれるように、ね。幸さんは、竹本さんの大切な妹の友達になってくれと頼まれたのでしょう。竹本さんの眼は、幸さんへも注がれていたはずですよ」

幸は無言のまま幾度も頷いた。

「竹本さまは、商家で抜刀はいたしましたが、幸い誰も傷つけてはおりません。あとは、お上に任せるしかありませんが、きっと力を貸してくれる方もおりましょう」

雪江は、嗚咽《おえつ》を洩らし始めた幸の背をそっと撫でた。


鈍色《にびいろ》の雲が五月の陽を隠していた。梅雨の時季かと、雪江は気の重さを感じる。

「ああ、銀さんにやられました」

新之丞がまた廊下を走って来る。

「新之丞、廊下を駆けるのは武士の恥です」

筆法指南の座敷に、新之丞が飛んで入って来た。

「竹本信蔵はお咎めなしになりましたよ」

「それは重畳《ちょうじょう》」

雪江は茂作と笑顔を交わした。

「どうしてか、訊かないのですか？」

「だって、銀次さんのお手柄なのでしょう」

お香の縁談先が、この顚末《てんまつ》を耳にして、事をうやむやにしたのだ。

「銀さんが、富田家から戻った姉上の話を聞いて、恐れながらと、旗本屋敷とお香の実家の材木屋へ押し掛けたんですよ。これが騒ぎになれば縁談が流れると臭わせて」

なので、材木屋も怪我人はいなかったので訴え出ない。旗本も、お香を嫁にほしいので、町奉行所から手を回したというわけですと、新之丞は少々気に食わないというふうに、座り込んだ。

「でも今日の髷はいい具合ですよ」

雪江が褒めると、新之丞はまんざらでもないという顔をした。茂作が咳払いをして、笑いを誤魔化している。

雪江は、文机の上に、筆、硯、水滴を並べた。

「新之丞、まだいたのですか、もう供が待っておりますよ」

母の、のんびり声がした。

「ただいま参ります」

と、声を張り上げつつ、ああ、悔しいと新之丞はこぼしながら出て行った。

「新之丞さまは、お嬢さまのお役に立ちたかったんでしょうなぁ」

そうかしら、と応えながら雪江は微笑んでいた。

開け放たれた障子から空を見上げる。

曇った日もある。雨の日もある。わたくしもそう。晴れの日ばかりが、人の世ではない。

さ、今日は二回目の指南日だと、雪江は背を伸ばして、立ち上がった。

今日もしっかり十五人が揃っていた。幸は、雪江に会釈をして文机の前に座る。

卯美と汐江、涼代もしっかり前を陣取っている。香も後ろにいる。竹本の騒ぎは、いまの養家には伝えられていないようだ。

「あーあ、町人の娘が二千石の旗本の奥方になるって、世も末よね。もっともお嫁に行く先のお旗本は、借金まみれで、香さまのご実家の持参金目あてだって評判ですけどね」

くすくすと、卯美とふたりの娘が笑い合うさまを見つつ、雪江は得心した。

ねたみのもとは、そこにあったのだ。

当の香は、聞こえない振りをしているのか、ただ黙って、墨を磨っていた。

「あら、卯美さん、なかなかよい手筋をしているわね。書の才があるのじゃないかしら」

雪江がいうと、卯美は、書いていた字の上から、ぐちゃぐちゃに墨を載せた。

「これでも？　お師匠」

卯美が、挑むような眼を向けた。

「はい。書き直し」

雪江は厳しくいうと立ち上がり、他の門人へ眼を向けた。

「ま、退屈しのぎにはなりそうね」

卯美の小憎らしい呟きが聞こえてきた。

知と智

一

雨がしとしとと降り続く早朝、雪江の元に、書状が届けられた。

奉書の裏には、『鉄砲洲《てつぽうず》　大任《おほに》』とある。

その筆蹟だけで、誰のものであるかはすぐに知れた。雪江の書の師匠である巻菱湖《まきりようこ》からだ。大任は巻の名で、菱湖は号である。巻の指南所蕭遠堂《しようえんどう》は鉄砲洲にあった。

師匠の菱湖には、離縁したこと、そして武家娘たちに筆法指南の塾を開いたことをすでに伝えてある。

いったい何用かと、雪江は師匠からの突然の書状を急《せ》くように開いた。

やはり流麗な文字に、雪江は溜め息を洩らした。まずは離縁した雪江を気遣う言葉に目蓋が熱くなったが、あとの文言を追い、つい声を上げた。

「大幟《おおのぼり》の揮毫《きごう》？　お師匠が？」

武州《ぶしゆう》の村祭り用の大幟らしい。

長さ約五間（九メートル）、幅三尺五寸（約一メートル十六センチ）の、まさに大幟だ。

柳橋の料理茶屋、万八楼の座敷を使うとあった。万八楼は、料理茶屋として江戸でも指折りの名店だ。夏、秋は花火が楽しめ、さらに文人墨客に好まれ、書画会もよく催された。

書家、文人、絵師などが、一堂に会し、自分たちの作品を持ち寄り、酒食をしながら批評し合うものや、主催者が客を集め、その場で画《え》を描き、揮毫したものを売るという形のものもあった。

雪江も、十代の頃、書画会に赴いたことがある。武家の子女である雪江はむろん表に出ることはなく、兄弟子の雪城の手伝いだった。あのときは、文人の柳亭種彦《りゅうていたねひこ》や、浮世絵師の歌川国貞《うたがわくにさだ》、歌川国芳《くによし》も姿を見せ、それはそれは賑やかな会だった。

この度は、ぜひとも、手伝いに来てほしいと締めくくられていた。

雪江の胸が躍った。

菱湖は、中風を患い一時は筆を執ることができずにいたのだ。祭り用の大幟となれば、大筆を用い、気合いを込めて揮毫する。きっと、中風はすっかりよくなったのだろう。書状の筆も病後を一切感じさせない。六十の半ば近くになって、大筆を扱う菱湖の姿が頼もしく思える。

やはり、多くの弟子を持ち、江戸の三筆と讃えられるだけの師匠だ。

だが、菱湖の歩んできた道は、決して平坦なものではなかった。越後生まれの菱湖は、妾腹の子として疎まれ、菱湖が十五歳のときに、実母は自害した。

そのときの思いはいかばかりであったか。

在所の寺の住職に手ほどきを受けたのが、書との出会いであったと聞かされたことがあるが、その道を究めんと江戸へ出てきたのが十九のときだ。

菱湖から直に聞かされた話ではない。

酒を呑んでは陽気に振る舞い、豪放磊落《らいらく》な性質だと皆はいう。けれど、雪江の眼には、菱湖には、達観と諦観が常につきまとっているように映った。

それは、己の出生や母親が自殺したことが落としている影なのかもしれない。

いつなんどき、人は岐路に立たされるかわからない。誤った道を選んでしまったことに気づかず進んでしまうこともある。菱湖の母親もそうした岐路を誤って進んだ。多感な少年の時期の菱湖を残して、己の命を断つことしか考えが及ばなかったのだ。そこには残される我が子への憐憫《れんびん》や愛情も考えが及ばぬまま躊躇《ちゅうちょ》なく死を選んだのだ。人が自ら命を絶つとき、それはどうにもならない現実からの逃避か、ある想念の終結であり、あるいは、復讐である。いずれであるか、雪江には想像すらできないにしろ、はっきりとしているのは死ぬ覚悟ができていたことである。

菱湖は母親を恨んでいるのであろうかと、雪江は考えたことがある。もしも己であればどうしたであろう。我が手で、我が命を断つ前に、子の姿が脳裏を過《よぎ》るに違いないと思う。そこで、己の愚かさに気づくであろう、と。

書状を届けに来た者に、ぜひ伺うと伝え、居室に戻った。今日は、四度目の指南日だ。娘たちを迎える支度を調えねばならない。

と、不意に雪城《せつじょう》の顔が浮かんできた。雪城も姿を見せるのかと、胸の奥が騒いだ。

雪江が娘時代に想いを寄せていた人物だ。雪城の前では、雪江はそのようなそぶりは微塵《みじん》も見せなかった。むしろ、十も歳上の雪城に、書のことでわざわざ反発し、嚙み付いていたくらいだった。心惹《こころひ》かれている自分の気持ちを隠すのに懸命だったのだ。きっと雪城には、気づかれていたに違いない。

いまにして思えば、なんとも恥ずかしいというか、幼かった。

だが、雪城は、自身の弟子である商家の主の娘と祝言を挙げた。

雪城は越後長岡藩の藩士の次男だ。武家の出であるのだから、雪江と夫婦になることもできなくはないと、夢見たこともある。しかし、縁が薄かったのであろうと、雪江は思うようにした。

それでも、雪城のことをこうして思うと、いまも胸のあたりがじんわりと温かくなる。

娘時代のよい思い出だ。

雪江は、はっとした。書状には、かつての四天王も顔を揃えるとあった。雪城に会えるならば……あのことを頼んでみようかと思った。

雪城が妻を娶ってからは、ほとんど蕭遠堂には顔を出さなくなっていた。

だとすれば、何年ぶりだろうと、思わず知らず呟きが口を衝《つ》いて出ていた。

「はあ？　なにかおっしゃいましたか」

小雨の中、庭木の手入れをしていた中間の茂作が振り向いた。長雨のせいで、横倒しになってしまった山吹を直している。雨で、よりいっそう黄色い花が映えて見える。

「いえ、なんでもありません」

雪江は慌てて、書状を折り畳む。

「しかし、いい加減、熄《や》んでほしいものですなぁ」

茂作が空を見上げて、溜め息まじりにいった。

「梅雨もまもなく終わりましょうが、そのあとはうだるような暑さがやってきます」

「はあ、どちらもしんどい」

ぼやく茂作に、雪江はくすりと笑う。さあ、今日はなんのお花を活けようかしら。やはり山吹がいいかしらと思う。

「今日はお稽古日ですが、またあの三人娘は来るのですかね」

「そうねえ、もう三度、休まずに来ているから、意外と楽しんでいるのじゃないかしら。でもねぇ、この長雨のせいで道もぬかるんでいましょう。足が遠のくかもしれませんね」

茂作のいう三人娘というのは、小塚卯美、宮田汐江、松永涼代の三人だ。

屋敷が近所の幼馴染みで、父親が書院番頭を務めている卯美が、ふたりを率いているようだった。

この卯美という娘が、なかなかやっかい者だ。「出戻り」と、はっきりいわれたときには、さすがに雪江も怒りより啞然としたが、誰しも生意気盛りで不安定な歳回りがある。

「妙に表が静かなのは、新之丞の非番だからですね」

「ええ、ご贔屓娘さんたちもさすがに非番の日と雨の日は集まりません。新之丞さまがお出にならないので」

まるで役者だと、雪江は呆れる。

弟の新之丞は、鼻筋が通り、涼やかな目許をした男前だ。

そのせいか登城の時刻前から、娘たちが新之丞見たさ、会いたさ、見初められたさに、こぞって屋敷の門前で待っている。非番の日までちゃんと知っているのだからたいした贔屓だ。

新之丞は奥右筆勤めだ。役職として高い位ではないが、書記官という立場であるため、機密文書はむろん将軍の私信なども扱う重要な職制である。

ときには大名や旗本から老中や若年寄への頼まれ事にも耳を貸す。

他言無用の事柄を聞き、記して残すという仕事は、かなり神経を使うお役だ。

「ところで、新之丞はまだ起きていないのですか」

茂作が、はいと白髪の小鬢を掻く。

「木戸の閉まる時刻には、お戻りになりましたよ」

まあ、と雪江は眉根を寄せた。

「夜遅くに、なにやらはばかりから物音がしていたのは気づいておりましたが。あれは新之丞だったのですね」

茂作は、少し困ったふうに顔を歪めたが、

「お嬢さま、今日はお座敷になにをお活けになりますか？」

山吹がきれいですし、梔子《くちなし》もよいかと、と雪江にいう。どうも新之丞の話を避けたがっている物言いが気になった。

茂作、と雪江はいささか強い口調で質した。

「誤魔化さずともよいですから、はっきりといいなさい。その前に、わたくしが起こして参りましょう」

非番とはいえ、朝寝坊はよくありませんと、雪江が立ち上がった。障子に指を掛けようとした拍子に、障子がするりと開かれ、雪江は驚いて後ずさりした。

新之丞だった。

髷はぐずぐずに崩れ、寝巻きの前もはだけ、酒の呑み過ぎか、端整な顔がむくんでいる。

「おはようございます、姉上」

吐く息にまだ酒の香が残っている。

雪江は顔をしかめ、顔の前で手を振る。

「いかほど呑んだのですか、ああ、お酒の匂いが身体中から出ているよう。わたくしまで酔いそうです」

「おや、姉上ほどのお方がなにをおっしゃるやら」

「いらぬことを。お酒に呑まれるようではいけませぬよ」

「それもときにはよいでしょう。酔うてこそ酒ではありませぬか。ああ、これは姉上にはいらぬ説法でしたか」

新之丞は悪びれたようすも見せずに、座敷に入って来ると、ごろりと横になった。

「まだ雨かぁ。よく降るものだ。天の水ってのは涸《か》れないいんですかね」

「ほらほら、訳のわからないことをいっていないで。駄目ですよ、新之丞。まもなく塾生の娘さんたちが来る頃だから」

「ならば本日は、私が助教として、筆を執りましょうか」

新之丞は、なにがおかしいのか、けらけら笑っている。まだ、酔っているのかしらと、雪江は呆れ返った。

「はいはい、冗談はやめてちょうだい。あなたがいたら、それこそ娘さんたちの筆が進まなくなりますから。顔を洗って、しゃんとなさい。髷もひどいことになっていますよ」

新之丞は、軽く舌打ちした。

「どこへ行っても邪魔者扱いだな」

ぼそりといった。

「なにか、いったかしら？」

いえいえ、と溜め息を吐いた新之丞は、起き上がると頭を二、三度振った。

「酒が過ぎたかな。頭が重い。台所で湯漬けでももらうか。茂作、父上の梅干しを出してくれ。あ、それと別の者に、髪結いの銀次を呼ぶよういってくれ」

「はい、ただいま。ではお嬢さま、山吹を切りましょうか」

「ええ、お願い」

茂作は、山吹の枝を数本切り、濡れ縁に置くと、庭から裏へと回っていった。

隠居した父の采女は、武蔵国都筑にある知行地でのんびりと畑など耕しながら暮らしている。梅干しも父が漬けた物だ。

母の吉瀬は、まだ新之丞が嫁取りして、岡島の跡継ぎができるまでは江戸を離れないと、頑張っている。そこへ、娘が三年経たず離縁されて出戻って来ては、母の心中はますます複雑だ。

ここにいてはまた姉上に小言を聞かされそうなので退散いたしますか、と廊下へ出ようとした新之丞と入れ替わるように、母の吉瀬が姿を見せた。

「おや、新之丞、ゆうべもずいぶんと賑やかでしたね」

「恐れ入ります。いろいろありましてね」

「お役目、ごくろうさまでございます」

「父の梅干しで、湯漬けを食べます」

「そうなさいませ」

吉瀬は座敷に入って来るなりいった。

「わたくし、姉と従姉妹《いとこ》と、これから、木挽町《こびきちょう》まで行って参りますので、あとはよろしくね」

木挽町といえば、河原崎座《かわらさきざ》という芝居小屋がある。昨日まで、芝居に行くなど一言も聞いていなかった。雪江は吉瀬に訊ねた。

「この雨の中をでございますか？」

「だって、もうすぐなくなってしまうかもしれないもの」

えっと、雪江は眼を丸くする。

「あら、いけない。これは内密にしてちょうだいね。じつはね、ゆうべ、はばかりの前で聞いちゃったのよ、というより新之丞の独り言が聞こえちゃったのよ――」

吉瀬が語った言葉に雪江は啞然とした。

「それでね、今朝すぐに両家に使いを出したというわけ。いまは、仇討ち物語の曾我物がかかっているはずなの。姉も従姉妹も、ふたつ返事だったわ」

吉瀬は袖を振り振り、娘のようにはしゃいでいる。

「帰りに、土産も購ってきましょう。なにがいいかしら？　朝顔煎餅？　それとも銀座のお香屋さんの練香にする？」

どちらでも、と雪江は応えた。

はばかりで独り言……。

新之丞はなにをしているのだろう。

「そうそう、雪江に届いた文はどなたからだったの？」

「お師匠です。大幟の揮毫をするから、手伝いに来てくれないかと」

「あら、すてきね」

ただ、ちょうど五のつく日だった。使いの者に行くとは伝えたものの、指南所を開いて早々休みにするのは気が引けた。

「仕方ないわよ。菱湖先生からのお呼び出しだもの」

さ、支度支度と、出て行こうとした母へ、

「お出掛け前に恐れ入りますが、少しだけよろしいかしら」

振り向いた吉瀬が小首を傾げて、雪江へ眼を向けた。

二

堀越沙也《ほりこしさや》。

小普請入りの御家人の次女で、いま十三歳だった。

雪江は、沙也が書いた物を手文庫から取り出し、吉瀬の足下に置いた。楷書のかなと漢字だ。

「いかがでしょう」

吉瀬が、あらまぁとかしこまり、半紙に書かれた沙也の書をしげしげ眺める。

「なかなか、よい字ね。筆使いは拙《つたな》いけれど」

「母上もそう思われますか」

雪江は思わず身を乗り出した。

「わたくしは書についてはさっぱりわかりませんけれど、見たままをいったまでです」

「ええ、それで結構です」

沙也の字は、素直で、伸びやかだ。なにより筆を執ったときの集中力が、他の娘たちに比べて桁違いだった。どこかの手習い塾に通っていなかったのもいい。妙な癖がついていない。真《ま》っ新《さら》な布地のような清らかさを持っていた。

ただ、なぜだか雪江は、沙也の書く字に、どこか懐かしさも感じていた。

「この娘を、わたくしから中沢雪城さまにお預けしたいと思っているのですが」

あら雪城どの？　と吉瀬が意味ありげな表情を雪江に向けてきた。雪江が雪城に惹かれていたことを知っているからだろう。

雪江は居住まいを正し、軽く咳払いをする。

「雪城どのは、菱湖先生の高弟。むろん否やはございますまいが、わざわざ、あなたを選んで来てくださった門人を別の師匠に譲るというのですか？」

「譲るのではなく、堀越沙也は、わたくしでは指南ができませぬゆえ」

つまり、と吉瀬が呟いた。

「あなたが菱湖先生を選んだことと同じですか？　あなたでは向後《こうご》、その堀越沙也という娘が物足りなさを感じてくると」

はいと、雪江ははっきり頷いた。

雪江は、幼い頃、菱湖の蕭遠堂ではなく別の師匠から指南を受けていた。が、師匠の書に物足りなさを感じた。一番の理由は、女の文字など、手本通り、美しく書ければ御の字という考え方だったからだ。

「母上は、どう思われましたか？　わたくしが師匠を変えたいといい出したとき」

そうねぇ、昔のことだから、と吉瀬は小首を傾げた。

「あなたはいい出したら引かない娘でしたからね。殿さまがよくおっしゃっておりました。雪江が男であったならと」

雪江は、ふと微笑んだ。たしかに父からそういわれたことが幾度もある。たいていは、書や漢詩を見つつ、互いに意見が食い違ったときだ。

「ですが、あの娘の持つ書の才を、わたくしがどう伸ばしてあげたらいいのか、少々自信がないのです」

あの娘はきっと書家として、名を成すと思うております、と雪江はきっぱりいった。

「わたくしは、漢詩の創作が苦手ですし、本来なら書家などと威張れたものではございません。雪城さまなら、必ずあの娘の才を引き出し、自らにも気づかせることができると信じております」

吉瀬が、ふうと息を吐いた。

「その娘の父上は？」

「小普請の御家人です」

雪城がどれほどの束脩《そくしゅう》で指南しているのかはわからない。

「ねえ、雪江。あなたがそう思うのは勝手だけれど、その堀越沙也自身がどう思っているかじゃないのかしら？　そちらのほうがまず肝心」

あっと、雪江は顔を伏せた。

沙也自身が、書を己の技芸としたいと思っているかは、わからない。

それは他人が押し付けるものではない。

母の吉瀬が立ち上がった。

「ともかくその娘の気持ちを訊いてみることね。もういいかしら？　支度しないと」

いいえ、あとこちらも、と雪江は慌てて、別の書を二枚並べた。

「うーん、これは書いた者が違うのかしら」

「いいえ、同じ娘です」

「あらほんと、名が同じね。でも、書き始めが異なっておりますよ。筆の捻《ひね》り方も、筆圧も違ってるわ。いくらわたくしが書を見られないといっても、これくらいはわかります」

吉瀬が不機嫌な顔でいった。

「これは、代筆ね。片方はやる気のなさが見えるけれど」

手を伸ばした吉瀬は、一枚の書を取って、

「こちらは、書きたい気持ちがこもっていますもの。大方、屋敷の誰かに書いてもらった物を持ってきたのでしょう」

「かたじけのうございました」

雪江が指をつくやいなや、「じゃ、行ってくるわね」と、背を向けた吉瀬が振り返った。

「雪江、青色の小袖の半襟には、赤の菱模様と藤紫の亀甲と、どちらがいいかしらね。帯は抑えた色にするつもりだけれど」

「どちらでも、よろしいと思いますけれど」

そうねえ、せっかくだから、赤にしようかしらと、吉瀬は足取り軽く座敷を出ていった。

「雨なので足下にお気をつけて」

「助六ばりの高下駄を履いていこうかしら」

ほほほ、と笑い声が廊下に響いた。

この母ありきの新之丞なのだと、いまさらながら雪江は肩を落とした。

雪江は、手文庫に沙也の書を納める前にもう一度、眺める。やはり以前、どこかで目にしたことがある筆跡だ。しかし、沙也はこれまで誰にも書を教わったことはないという。

けれど、もうひとりの娘の書。やはり代筆だったかと、落胆にも似た気持ちがした。月の五のつく日だけの指南だからこそ、手本をひとりひとりに渡して、臨書するよういったのだが、それが負担だったのだろうか。

じつは、武家の娘は日々忙しい。裁縫、茶道、詩歌、華道、琴、長刀などなど、稽古事がたくさんある。どれも武家の女子として修めるものばかりだ。半刻（約一時間）、一刻と時を刻みながら稽古に専念している。

だからこそ、文机の前に座って心落ち着ける時を過ごせるようにと思ったのだが。

雪江は溜め息を吐いて手文庫の蓋を閉め、庭へと視線を移す。

軒下から雨粒がすだれのように落ちている。

雨足が強くなったような気がした。

雪江は腰を上げ、濡れ縁に置かれた山吹の枝を手に取った。雨に濡れた花と葉を懐紙で優しく拭い、花器に差した。

こんな日では、訪れる娘も少ないだろう。

それでも、雪江は文机の前に腰を下ろし、まるでなにかの儀式のように、紙、筆、硯、墨、水滴を順に並べ置く。

あまりに門人が少なければ、文房四宝《ぶんぼうしほう》、つまり筆や硯、墨、紙という、文房における四つの宝についての話をしてもよいかもしれない。

若い娘たちには、ちょっと退屈だろうか。

雪江はたすきを掛け、墨を硯におろすと、ゆるゆる磨りはじめる。弱くなく、強くなく。硯面に墨を置き磨る。墨の香りが立ち上る。

雪江の中から雑念が次第に薄れていく。母の芝居見物も、新之丞の朝寝坊もぐずぐずの髷も、あの娘の代筆も、已の離縁の訳も、気にならなくなる。と、

「お嬢さま、ご門人の方々がお見えになりましたよ」

茂作の声が響いた。

雪江は、はっと我に返る。

廊下へ急ぎ出て、玄関へ向かうと、小塚卯美、宮田汐江、松永涼代の三人組が立っていた。雪江は三人を迎え、微笑んだ。

「あら、お師匠。なにかおかしいことでもございますか」

早速、卯美が嚙み付いてくる。

「いいえ。こんな雨の日にも来てくださったのが嬉しかったのですよ」

「長雨が続いて気が鬱《ふさ》ぐから、来るしかなかったのよ、ねぇ。それに駕籠《かご》で来ましたからどうってことはありませんせん」

卯美が、汐江と涼代へ同意を求めるように、いった。

「うちの母上なんか、黴《かび》が生える前にいってらっしゃいですって。あたしをなんだと思っているのかしら」

汐江が頰を膨らませる。

「我慢なさいな、苛立つのもいまは仕方がないんじゃない、母上さまも」

「卯美さん」

涼代が袖を引いた。

卯美は、舌をぺろりと出して肩をすぼめる。

「本日、新之丞さまは非番でございましょう？　手ほどきをお願いしたいわ」

涼代が、わずかに顔を赤らめ、両の頬に掌をあてた。

やはり新之丞、恐るべしだ。

「今日は疲れているようですので」

雪江がいうと、ああ、残念と涼代がいった。

指南所の出入り口は、表ではなく、その横に隣接された脇玄関だ。

武家屋敷の表玄関は、家の主人と客しか使えない。したがって、いま、岡島家の表玄関を使用できるのは、新之丞だけだ。

門人たちは、客人ではないため、脇玄関から屋敷内にあがる。

卯美とその供の者たちが、三和土《たたき》に入って来たとき、

「あ」

と、声が響いた。書道道具が入った包みが転がる。

「なにしているのよ、おとし。早く拾って」

框《かまち》に上がりかけていた汐江が詰《なじ》るような口調でいった。おとしという子は、十歳くらいだろうか。

汐江が近頃連れてくる供だ。

「すみません。すぐに」

おとしが包みを拾い上げた拍子に、今度は結び目が解けて、硯箱が落ち、音を立てた。

「ああ、まったくなにをしてるのよ。なにをやっても役立たずね」

汐江が溜め息を吐く。

「もう、汐江さんったら。そんなにきつく当たっちゃいけないでしょ。あなたの弟の姉上さまなんだから」

卯美が、くすくすと肩を揺らす。

その途端、汐江が顔を赤くして押し黙った。

「さあ、お稽古お稽古」

と、涼代が汐江の手を握って促した。

汐江が涼代に手を引かれ、雪江の横を通り過ぎる。汐江は、俯き加減で唇をきつく嚙み締めていた。

汐江になにかあったのだろう。卯美は、弟の姉上さまだといった。

つまり、おとしの母と、汐江の父との間に男の子が生まれたということか。

屋敷の主が、使用人の女子に手をつけた。

あり得ない話ではない。

しかし、多感な年頃の汐江にとって、その出来事は、心に陰を落としたに違いない。

そこへ、堀越沙也がやって来た。小袖の裾を帯に挟み、笠を着けている。足下は雨とはねた泥で汚れていた。後ろに控える中間は文机が濡れぬよう、風呂敷で包み、抱えている。

「お師匠、申し訳ございません。すぐに拭いますので」

「待っていて、いますすぎを用意させるわ」

「恐れ入ります」

沙也は、丁寧に腰を折ると、硯箱を整えているおとしの様子に気づいた。

すぐさまおとしの横にしゃがんで、転がっていた筆を拾い上げた。

「すみません。あたしがやりますから」

おとしが、おどおどといった。沙也は、おとしには応えず、落ちていた筆を黙って手渡す。

「ちょっとあなた、ほうっておいていいわよ。うちのおとしが鈍いだけだから」

汐江が、首を回して沙也を睨むと、おとしへは、蔑《さげす》みの眼を向けた。

さっさとしてちょうだい、と汐江は、おとしに再びいった。

おとしが、はいと応える。

「さ、ともかくお稽古を始めましょう」

雪江が皆を促した。

三

やはり雨のせいで、集まったのは八人。ほぼ半分だ。相変わらず、卯美を真ん中にして三人娘は雪江の前に陣取っている。

本日は、と雪江は自ら記した字を皆にかざす。

『知と智』だ。

「知という字は、見てのとおり、矢と口とでできています。矢を添え、口で祈り、神意を得ることを表しています。それが知るということです。そして、知るに日を足した智は、知り得たことを発言するという意になります」

本来は、日ではなく、かつては曰《いわ》くであったことも付け加えた。

「知と智は物の道理をわきまえて、きちんと判断するという、これも儒教の五常《ごじょう》の一です」

「また、儒教ですって」

卯美が、隣の涼代に耳打ちする。が、雪江には丸聞こえだ。わざとそうしているのだ。

「本日は、この字を使って、皆さんが知っている言葉を書いてみましょうか」

「お師匠、わたし思い浮かびません」

十二ほどの子が、恥ずかしそうにいった。

「猿知恵、悪知恵、浅知恵でもいいですか」

卯美だ。

「かまいませんよ」

「あとは恩知らず、知らぬが仏なんてどうかしら、汐江さん」

頬杖をついていた卯美が素知らぬ顔でいった。汐江は応えず俯くと、硯箱を開けた。汐江が、あらと呟いて眉をひそめる。

「どうかして？　汐江さん」

「いいえ、なんでもありません」

汐江がいった。

「卯美さん、頬杖はやめていただけるかしら」

「はーい。お師匠さま」

卯美は両手を揃えると、かしこまった脚の上に置いたまま、背筋を伸ばした。

涼代が硯を取り出す。と、卯美がちらと眼を向けた。

涼代は、かすかに笑って卯美の硯を自分の文机に置き、水滴を垂らした。

知の四画目。払い途中の膨らませ方、五画目の止め方、口の位置はどこが一番美しく見えるかなどを、雪江は自ら、一筆一筆書きつつ皆の筆使いを見て回る。

やはり、堀越沙也は勘がいい。

字の骨格をきちんと把握している。

手習いではなく、目習いというが、手本をいくら写しても、その字の形を捉《とら》える目習いができなければ、上達は難しい。

堀越沙也は、それがきちんとできている。止め、はねが活きている。

雪江が手を添えるまでもない。持って生まれた才。堀越沙也はそれを持っている。むろん、拙いところもあるが、きっと書くほどに沙也の文字は輝きを放っていくだろう。

と、なにやら視線を感じた。

隣室の襖がわずかに開いていた。文机を抱えてくる中間は、脇玄関横の板の間にいるが、隣の座敷には、供についてくる女たちが、稽古が終わるのを待っている。中では、汐江のお付きのおとしが一番歳下になる。

雪江が近づくと、襖の裏側で急に身を引くような感じがした。指南のようすを覗いていたのかしら？　と雪江は訝《いぶか》りながら、襖を閉じた。

稽古の一刻半（約三時間）はすぐに過ぎ、皆のために書いた手本を配りながら、

「大変、申し訳ありませんが、次のお稽古日はわたくしに用事ができてしまいましてお休みにいたします」

雪江は皆に告げた。

「あら、新しい縁談がきたのですか？」

すかさず卯美がいった。本当に余計なひと言をいうのが得意な子だ。頭のよい子なのだろう。

「でも、またお嫁に行ってしまったら、ここのお稽古はどうなるのかしら。まだ四回しか教わっていないのに残念だわ。ねえ、涼代さん？」

「ほんとに」

涼代が応える。

「だとよろしいけれど、そうそう縁談話は転がっていませんせん」

雪江は、冗談めかしてさらりといいのけた。それが気に食わなかったのか、

「お師匠、再婚になると、女子としての値打ちが下がって、持参金が減るというのはまことのこと

ですか？」

卯美が、雪江を斜《はす》に見た。

「花嫁を迎える家にもよるのではありませんか？　初婚であろうと持参金の折り合いがつかず、破談になることもありますよ」

花婿側から、多く持参金を要求しても、万が一離縁したとき、すべてを花嫁側に返さねばならない。家禄が低い家では持参金を得ても、返せなくなることがある。当人同士の性格より、持参金の多寡で決まるというのも不思議な慣習だ。

「わたくしは、女子というより、人に値打ちなどつけるものではないと考えております」

「でも、あきらかに裕福な家と貧しい家がありますでしょう？」

卯美は堀越沙也を振り向く。

「家柄、身分、男女で人の価値が決まるとは思いません。いまのご老中さまは、女性の仕事を次々取り上げるようなことをなさっておりますが、わたくしはそれもどうかと考えております。智恵者の傲慢さほどたちのよくないものと思います」

へえ、と卯美が感心するように頷いた。

「ご老中さまへのご意見かぁ。すごいわねぇ」

卯美が涼代を小突く。ふたりで含むように笑う。雪江は声を張った。

「では、本日はこれまで」

稽古が終わるのを待っていたかのように雨が熄んでいた。

中間らが文机を抱え持ち、供の女たちは硯箱を風呂敷でくるむ。座敷の中が一気に忙しなくなる。もたもたしているおとしに、汐江がまた罵声を飛ばした。

「ああ、もう見てられない。どうしてそう遅いのかしら」

汐江は、おとしから硯箱を引ったくると、自ら手早く包んで、おとしの胸に押し付けた。

「すみません。汐江さま」

おとしが、おどおどと小声でいって頭を下げる。

「いい？　あんたはあくまでも、わたしのお付きなんだから、わかっているわね」

はい、とおとしが首を縦に振る。

帰り支度を終えた堀越沙也が、皆を見送りに出ようと立ち上がりかけた雪江に、声をかけてきた。

「少々、よろしいでしょうか」

「丁度よかったわ。わたくしからも沙也さんにお話ししたいことがあったの」

「わたしに？」

雪江が再び腰を下ろすと、沙也も荷を脇に置く。

「じつはね、先ほど、次の五の日のお稽古はお休みにすると伝えましたが」

柳橋の万八楼に、巻菱湖が大幟の揮毫をする手伝いに行くのだと、雪江は話した。

沙也が眼を輝かせる。

「その席に一緒に行かないかと」

「わたしを連れていってくださるのですか？　でも、なぜ」

沙也が困惑ぎみに訊ねてきた。

「あなたに引き合わせたい方がいるのです。わたくしの兄弟子にあたるのですが」

どうかしら、と雪江は訊ねた。

「まだ、わかりません。当世の三筆のおひとりの巻先生の揮毫を拝見できるだけでも嬉しいのに。そのうえ……」

「ああ、その前に、あなたが、書画で身を立てる気があるかどうか、伺いたいのだけど」

「わたしがですか？　いまはなんとも」

沙也が眼をしばたたかせる。

「ここを勧めてくれたのは、どなたかしら？」

雪江はこの指南所を開く際、まず親戚筋と、近所、新之丞の友人知人などに報せた。たとえ幾人であろうとも、構わなかった。中には、離縁され、その無聊《ぶりょう》を慰めるためだろうというような誹謗《ひぼう》も聞こえはした。が、雪江は、巧者、書家を育てるのが目的ではなかった。筆は日常の道具として用いるものではあるが、己を磨くことも、表現することもできる。それを知ってもらいたいと考えていたのだ。そして、書画に男女の違いはないとも考えていた。

「母です」

「お母さま？」

「覚えておられますでしょうか。母の旧姓は森田《もりた》といいます」

今度は雪江が眼を丸くした。

「森田果乃《かの》さまですか？　ああ、お懐かしい」

果乃とは、雪江が七つのときに通っていた指南所で出会った。歳は七つ上で、姉のように慕っていたが、雪江が菱湖の塾に移る前に、果乃は嫁ぎ先が決まり、指南所を退《の》いていた。

「ご息災でいらっしゃるのですか？　ぜひともお会いしたい」

「母もそう申しておりましたが、岡島家と堀越家では、家格があまりにも違い、訪ねることはご迷惑になるからと」

「そんな遠慮などなさらないで。ならば屋敷でなく、どこか外でお会いするのでしたらいいかしら」

「きっと母も喜びます」

ああ、そうだったのか。沙也の筆にどこか見覚えがあると思ったのは、果乃の字であったからだ。それに気づかなかったなんて、まだまだと雪江は、心のうちで自分を恥じた。

「では、果乃さまから手ほどきを？」

沙也は、首を横に振った。

「母は、一切教えてはくれませんでした」

「ですが母娘なのですね。やはり、どこか似通った筆使いをするものだと思いました」

沙也は、小さな声でそうですかといった。

そのとき、

「お嬢さま、大変です」

茂作が座敷に飛び込んできた。

四

「喧嘩？　汐江さんとおとしが」

思わず雪江は沙也と視線を合わせた。

「はい。汐江さまが、お駕籠に乗る前に、何事かおとしさんとお話しになったとき、いきなり、ぱーんと」

茂作が両の掌を打ち、音を鳴らした。

汐江がおとしの頬を張ったというのだ。なんてこと。一体、なにがあったのかしらと、雪江の胸が騒ぐ。

「おとしにまた粗相があったの？」

「そうは見えませんでしたがね。ただ、硯箱の筆がとかなんとかかと」

茂作がいうと、沙也がにわかに顔を青くして立ち上がった。

「どうかしたの？」

「もしかしたら、わたしのせいかもしれません」

沙也はすぐさま座敷を出て行こうとした。

「沙也さん、待って。わたくしが行かねばなりません。念のため新之丞にも伝えて、茂作」

「承知しました」

雪江も、沙也の後を追うように廊下へ飛び出した。

脇玄関を出たところで、ふたりは呆気に取られた。

汐江とおとしが取っ組み合いの喧嘩をしていた。喧嘩といっても、幼いおとしは、汐江に組み伏せられ、もがいていた。物凄い形相だ。

それでも、おとしは汐江の髪を摑んで離さない。互いに、きいきい悲鳴のような声を上げていた。まるで小猿の喧嘩だ。

雨後のぬかるみで、ふたりとも、顔も小袖も泥だらけになっている。

涼代は、はらはらした顔で卯美を窺っている。卯美は、自分の駕籠に背を預けて、冷たい眼付きで見物しているというふうだ。

それにしても、それぞれの家の供の者たちがひとりとしてふたりの間へ止めに入らないのが、雪江には不思議に思えた。

「おやめなさい！　なんの騒ぎですか」

雪江はふたりに向かって大声を出した。雪江は、すぐさま近寄り、おとしに馬乗りになっている汐江を引きはがそうと手を掛けた。

汐江が振り向く。口許を食いしばり、瞳を潤ませていた。雪江が、その表情にはっとして一瞬、力を緩めたとき、汐江が振った腕が雪江の身を打つ。

泥が、雪江の顔にぴしゃりと飛んだ。

「あ」

「邪魔をしないで！　おとしが悪いのよ。意地ばかり張っているから」

そういって、汐江は、おとしの髪を摑んで揺さぶった。結い髪が泥で洗われ、びしゃびしゃと音を立てる。

「おやめなさい、汐江さん」

「いいじゃない。お師匠、やらせておきなさいよ」

卯美が顎を上げ、冷たくいった。

「なにゆえ、そなたたちも動かないのです。早う、ふたりを引きはがして」

雪江の懸命な声にも、供の者たちは誰ひとり動かない。困った顔をしているだけだ。雪江は苛立ちながら、汐江の身体に再び手を伸ばした。

と、おとしの左手に筆が握られているのが見えた。

沙也が駆け寄り、汐江とおとしの頭のほうに立って、声を上げた。

「おとしちゃんが握り締めているその筆は、わたしがあげたものよ、汐江さん」

汐江が、えっと顔を上げた。

「脇玄関で硯箱を落としたとき、おとしちゃん、慌てて自分の筆もその中へ入れてしまったのよ、きっと」

そういえば、硯箱を開けたとき、汐江が妙な表情をしていた。

見慣れない筆が入っていたせいだったのだ。

「嘘よ。こんな高価な筆、あなたみたいな小普請の家じゃ使わないでしょう」

おとしの味方なんてしなくてもいいわよ、と汐江がさらにいきり立って、おとしの筆を取り上げようと、指を掛けた。

おとしが、取り上げられまいと、うーと唸ってさらに力を込め、身体を丸めた。

「たしかに、小普請入りの御家人の家だけれど、あたしの母は、森田桃庵という書家」

森田桃庵――。

巻菱湖と並ぶ江戸の書家として名高い市河米庵の弟子として、その名を耳にしたことがある。

果乃は、嫁いでからも書を続けていたということだ。しかも、米庵の弟子になって。その娘が沙也。

なのに、なぜ沙也を雪江の指南所へ勧めたのだろう。

「お金はないけど、筆だけは売るほどあるのよ」

沙也は、呆気にとられる汐江を見ながらいった。悔しさを滲ませながら、汐江が、息を弾ませ、おとしから身を離し、立ち上がった。振り袖から泥が垂れている。酷い姿だった。

おとしは地面に転がったまましゃくり上げ始めた。

息を弾ませ、泥だらけになった汐江がおとしを見下ろし、髪をかきあげた。

「泣かないでよ。うっとうしい子ね。はじめから、堀越さんからもらったと素直にいえばよかったのよ！　それを、あたしのです、あたしのですって繰り返してばかり」

おとしが、わっと泣き声を上げる。

「だから、愚図だの、気が利かないっていわれるのよ。あたしのお付きになっているのをありがたく思いなさいよ」

おとしは、泣き声を堪えるように唇を嚙み締める。それでも、身を震わせながら、泥に染まった顔に涙の筋をつたわせる。

「もうおしまいなの？　つまんない」

帰りましょう、と卯美は急に興味を失った顔をして、供の女を促した。

女が駕籠の戸を開ける。

「卯美さん、待って」

涼代が駕籠へ向かって声を掛ける。

「かるた取りはどうするの？」

「涼代さんだけいらっしゃいな。汐江さんはあのとおり泥だらけですもの。あれで、屋敷に上がられても困るわ」

荒い息を吐きながらへたり込んだ汐江に、気の毒そうな眼を向けながら、涼代も駕籠に乗り込んだ。

「卯美さん」

雪江が呼び掛けたが、

「では、師匠、さようなら」

卯美は、にっこり笑って、頭を軽く下げると、駕籠の戸を閉めた。

新之丞が、いまごろ、のこのこ表に出てきた。ぐずぐずだった髷はきちっと結い直されていた。

「こりゃあ、大変なことになっていますねぇ」

泥まみれの汐江とおとし、そして、顔にはねた泥をつけたままの雪江を見て、のんきにいった。

新之丞の背後には、髪結いの銀次もいた。

「へえ、娘同士の喧嘩ってのも、なかなか勇ましいもんだ」

「新之丞、遅過ぎますよ」

「こうなったら、早いも遅いもありませんよ。いずれにしろ、皆、泥被りだ」

ははは、と笑う。

この有様を見て、なにを陽気に笑っているのかと、雪江は憮然とした。まさか迎え酒でもしていたのかしら、と思わず疑う。

新之丞の後ろ脇で控えている茂作に雪江はすぐさま命じた。

「茂作、すぐに台所の者たちに湯をわかすようにいってください。奥向きの者たちには、汐江さんとおとしの泥を落とし、それが済んだら、わたくしの着物を出して着替えさせるように」

「承知しました」

「髪にも泥が入り込んでしまったからしっかり洗わないといけないわね」

ちょうどよかったわ、と雪江は銀次へ視線を向けた。

「あ、あっしですか？」

「幸い髪結いが来ていたので、髪は結い直していただきましょうね」

雪江が言葉をかけても、汐江は、どこか惚《ほう》けたように微動だにしていなかった。おとしのほうは、泣くのに飽いたのか、それとも中筆を守り抜いたとほっとしたのか、仰向けに転がって、空を見ていた。

茂作に腕を取られ、ようやく立ち上がった汐江とおとしは台所へ向かった。

沙也が、雪江に頭を下げた。

「沙也さん、まさか果乃さんが森田桃庵でいらっしゃるとは」

「申し訳ございません。内緒にしていて」

沙也が再び深々と腰を折る。

「いえ、いいのです。だって、書を続けていたということでしょう？　わたくしにとっては嬉しい驚きでした」

「けれど、探りに来たようでご不快ではございませんか？」

「いいえ。米庵先生も菱湖先生も、互いに書風を確立しているのですもの、いまさら、弟子同士で探り合いなどいたしても、詮無いことです」

「じつは、嘘をつきました。母から勧められたのではなく、わたしが自ら母に頼んだのです。ごめんなさい。巻流がどのようなものか知りたくなって」

雪江は、素直に己を恥じる沙也を好ましく思った。

「それで、なにか果乃さまの市河流との違いは感じられましたか？」

「まだ、わたしにはわかりません。ただ、雪江師匠は雪江師匠の書なのだということはわかりました」

「あらあら、それは褒め過ぎですよ。わたくしなど、まだまだ。先生の流麗な筆致とは比べものにはなりません。でも、沙也さんが、果乃さんの娘さんだなんて知ったら、さらにお会いしたくなったと伝えてくれるかしら」

沙也は、はいと、明るく応えた。

「では万八楼へ、沙也さんはもちろん来てくださるわね」

沙也は、薄い唇を引き結んで、考え込んでから、いいえと、口を開いた。

「せっかくの機会ですが、わたしよりも、ふさわしい子がいると思います」

沙也が意外なことを口にした。

「わたしは、後方に文机を置いているので気がついたのですが、隣室の襖が少しだけ開いているのです」

「ええ、それは、わたくしも気づきました。あれは、供の者が稽古の終わりを確かめているのだと思うておりましたが」

「違います」

あれはおとしだと、沙也はいった。

初めての指南の日も、次のときも、細い隙間から窺っては、自分の指で畳をなぞっていたのだという。

「それで、三回目の指南日の帰り、汐江さんの駕籠の後を懸命に追いかけるおとしちゃんに声を掛けたんです」

すると、おとしは、自分は字を書くことが好きだ、と沙也に恥ずかしげに告げたという。

雪江が初日に口にした、

「書は様々なことを表せます。自分の感情、性質すら出てくるものなのですよ」

その言葉が、おとしの心を衝いたのだといった。

文字は言葉になり、言葉は文字になる。

自分は引っ込み思案で、愚図で、汐江さまにも叱られてばかり。物をはっきり伝えることも苦手だけれど、口にしたいことはたくさんある。筆だったら自分の気持ちを表すことができる。どんな思いも、あるがままの気持ちも伝えることができる。

だから自在に筆を使えるようになりたい。

「それに、墨には五彩があると」

雪江は、驚いた。まだ十のおとしが、そのようなことを知っているとは思わなかった。墨は黒だ。

しかし、赤色にも様々な赤があるのと同じように、黒には五つの彩りがあるといわれる。濃墨《のうぼく》、中《ちゅう》墨《ぼく》、淡墨《たんぼく》、さらに濃い墨を焦墨《しょうぼく》、水のように薄い墨を清墨《せいぼく》という。主に、墨の五彩は画に用いられる。

また、墨にも、書き文字が鮮やかに出る黒墨や、青墨、茶墨といったものもある。

墨の濃淡によって、運筆によって、書画の表情は大きく変わる。きっと、おとしは筆のかすれもそうした表情と捉えているのだろう。

雪江は、自身をしっかり見つめるおとしに、驚嘆しつつ感動を覚えていた。

「わたしの言葉は拙いですけど、書がわたしを表してくれるような気がするんです」

おとしは、そういって眼を輝かせたのだという。

「それで、わたしは、あの中筆をおとしちゃんに譲りました」

それに師匠、と沙也が真剣な眼差しを向けた。

「おそらく、おとしちゃんが書にあこがれ、書を学びたいと思っていることを、汐江さんは知っています。だから、あの子に供をさせて、師匠のところへ来るのです」

「ちょっと、沙也さん。もう一度、屋敷に戻ってくれるかしら」

戸惑う沙也を尻目に、雪江は踵を返した。

「師匠、お顔に泥がついておりますけれど」

沙也がいった。

五

雪江は手文庫の蓋をあけて、汐江の書を取り出した。母が褒めたほうのものだ。

初回よりも、二回目、三回目と順を追うごとに上達している。

むろん、巧みな線ではない。筆圧も筆意もまったくといってよいほど、幼い。

だが、爽やかな風が吹くような清々《すがすが》しさがある。伸び伸びとした筆勢がある。

「たぶん、おとしちゃんが書いたものです。卯美さんが、汐江さんへ向かって、あなたは楽でいいわねと、いっていたのを聞いたときに、おとしちゃんに書かせているのだとわかりました」

でも、おとしちゃんはすごく楽しんで書いているのだと思います、と沙也は雪江を見つめた。

「そうね。これを見ればわかるわ。文字が躍っているようですもの」

「わたし、あの人たちは嫌いです」

沙也がにわかに顔を歪めた。

聞かなくても、あの三人のことだろうと予想はつく。

「汐江さんが、おとしちゃんに代筆をさせるのも腹が立ちます。いったいなんのために書を習っているのか、なにをしにお稽古に来ているのだろうと思いますし、なにゆえ師匠が叱らないのかも不思議でなりません」

沙也の歯に衣着せぬ物言いにいささか雪江は面食らう。

「でも、師匠ならば、気づかれると思いました。これが、汐江さんの筆ではないこと」

こうして宿題として持って来る書と、稽古中に運ぶ筆の動きとが異なっているのが、すでに疑問であった。

「ねえ、沙也さんは汐江さんのお家のことで、おとしちゃんから聞かされたことはある？」

沙也は、首を振りつつも、ただ、と言葉を詰まらせた。

「告げ口するようで嫌なんですけれど、おとしちゃんの母上に、お子が生まれたんです。その父親が汐江さんの」

「父上なのよね」

「ご存じだったのですか？」

ううん、と雪江は軽く首を振り、卯美が脇玄関でそのようなことをいっていたのをたまたま耳にしただけだといった。

「ということは、これまで下女だったおとしちゃんが、汐江さんと義姉妹になるってことね」

ふう、と雪江は息を吐いた。

汐江の気持ちも複雑だろうが、おとしも戸惑っているに違いない。

あのう、と沙也が身を乗り出した。

「差し出がましいようですが、師匠の兄弟子へ、おとしちゃんを会わせることはできませんか」

あのまま、汐江さんのお付きとして辛く当たられるのが可哀想でなりません、と、沙也は強い口調でいった。

でも、おとしは汐江の許にいる。おとしの母親と、生まれた男の赤子、そしておとしを汐江の家でどのようにするのかは、わからない。汐江がひとり娘だとすれば、その男の子が跡継ぎとなる可能性はかなり高い。

家の事情にまで雪江が立ち入ることはできない。が、おとしの先行きはよいものではないと思われる。

だが、おとしにその気があるのなら、雪城に会わせてもよいかもしれない。内弟子という形で引き取ってもらうというのは、あまりに都合が良過ぎるだろうか。

「沙也さん、ありがとう。おとしちゃんを代わりに連れて行くことにするわ」

「巻菱湖先生の筆を見られないのは、残念ですけれど」

沙也がにこりとした。

夕刻、銀次が髪を結い直し、支度を整えた汐江とおとしは、雪江にただ頭を下げて岡島家を後にした。


からりと晴れ渡った六月の空を見上げながら、雪江は駕籠に乗り込んだ。

「参りますよ、お嬢さま」

駕籠かきの声がして、静かに進み始める。

後には、おとしを乗せた駕籠がある。

柳橋の万八楼へと向かう。

雪江は、昨日、宮田汐江の屋敷へと書状を遣わせた。

おとしを一日借り受けたいという旨だけを記した。

急な雪江からの申し出に、汐江は訝りつつも承諾した。ただ、近くにいたおとしに、師匠の前では、失礼のないように、くれぐれも余計な口を利かぬように、と強く念を押していたと、書状を届けた茂作が伝えてきた。

早朝、岡島家へとやって来たおとしは、汐江に言い聞かされたとおり、丁寧に挨拶だけ述べると、あとはまるで貝のように口をひらかずにいた。それでも、汐江はなにかを感じとったのか、おとしに黄色い小花に縞模様の小袖を着せていた。少し色黒のおとしに明るい色がよく映えている。

「似合うわね、おとしちゃん」

「汐江さまが、ご自分のお古だけど、お師匠さまのお屋敷へ行くならきちんとなさいと」

「そうなの」

雪江は、どこへ行くとも、なにをするともおとしには告げなかった。

おとしは、玄関前に用意された二挺の駕籠を不安そうに眺めていただけだった。

ゆるゆる進む駕籠に揺られつつ、雪江はおとしのことを少し忘れた。

雪城の優しい眼差しを思い出していた。

十七の歳だった。

雪江の背後から、自らの手を添えて、雪江が執る筆を導いた。

雪城の温かくしなやかな指先が、己の手の甲と重なったまま、黒く鮮やかな墨が紙の上をすべる。

柔らかなはずの筆の穂が、線を書く度、雪江の胸許を心地よく刺すような気がした。

その甘く切ない痛みに、雪江は陶然とした。

それが、とてもふしだらに思えて恐ろしくもあった。

「お嬢さま。まもなくでございますよ」

茂作の声に、雪江は、白昼の夢から覚めるように、はっとした。

万八楼は黒塀に囲まれた立派な門構えの二階建てだ。

茂作が先に、万八楼へと向かう。駕籠から下りると、おとしは、武家屋敷とはまた違った赴きの、丹精された庭や、初めて見るであろう料理屋の佇《たたず》まいを、眼を大きく見開いて眺めていた。

「おとしちゃん、こちらに」

雪江の声におとしが振り向く。

「雪江さま。お久しぶりでございます」

女将《おかみ》自ら玄関に迎えに出ていた。

「こちらこそ、ご無沙汰致しておりました」

「菱湖先生が、いつ来るかいつ来るかと、うるさくて敵いませんでしたのよ。あらまあ」

万八楼の女将がふっくらした頰を緩めて、

「愛らしいお連れさまもご一緒なのですね」

ようこそおいでなさいませと、おとしへ丁寧に頭を下げる。おとしも慌ててぺこりと赤い花簪を挿した頭を下げる。

この簪も汐江の物だろうか。

「わたくしの門人です」

雪江の言葉に、えっとおとしが戸惑う。

「そういえば指南所を開かれたと、先生から伺いました。おめでとうございます」

「いいえ、指南所といっても屋敷の座敷を使っている小さなものです」

「でもご立派ですね。先生もお喜びなさっていましたよ。もう上機嫌で——あらま」

「ご酒《しゅ》を召していらっしゃるのでは？」

そこは、お察しくださいませ、と女将は、ほほほと笑いながら、ふたりを促した。

菱湖先生はまったく変わっていないのだと、雪江は首を振る。ふと見るとおとしが不安げな顔をして雪江を見上げていた。

雪江は口許に笑みを浮かべ、おとしの緊張をほぐすように背に優しく触れた。

さ、こちらでございますよと、女将が階段を上がる。

「先生、もうすっかり出来上がっているのではございませんでしょうね？」

「雪江さまには敵いませんね。もう、べろべろです。鍾馗《しょうき》さまのようにお顔が真っ赤」

女将は雪江たちを二階へと案内しながら、またも、ほほほと笑った。

「これから、幟に揮毫するのですよね？」

「ええ。菱湖先生は酔って筆を執ることでも有名ではありませんか」

女将は、いまさらという顔をする。

雪江は開いた口が塞がらなかった。中風で倒れたとき、あれほど、もう酒はやめると門人たちの前で断言したのに。

おとしはまだわけがわからないという顔をしていた。

女将は廊下に膝をつき、障子越しに声を掛けた。

「先生、お待ちかねの雪江さまですよ」

「おう、雪江！　待ちかねたぞぉ」

中から懐かしい胴間声がした。

やはり、相当、酒が入っていると、雪江は少々覚悟した。

女将が障子を開けると、大広間が眼前に広がった。三つの座敷を抜いたのだ。開かれた窓からは、大川と、そこに架かる両国橋、そして対岸が見えた。

座敷の真ん中に、幟になる白い布地が置かれ、羽織を着た幾人かの者たちが、かしこまって膳の料理を食べていた。皆、こそこそと小声で話をしている。

たぶん、菱湖に揮毫を頼んだ武州の者たちだろう。

まだ、布地には一文字も記されていない。

上座に酒肴を並べ、大きな盃でぐいぐい酒を呑んでいる老齢の男が、雪江を見て、にっと笑った。白髪の総髪を後ろで束ねている。

巻菱湖だ。

おとしが思わず雪江の後ろに隠れるようにした。

「雪江、息災か。いやはや三年も経たぬうちに会えるとは、嬉しいことだ」

「ご冗談を。わたくしとて、三年満たぬうちでは早過ぎると思いましたが、これ以上星霜を重ねては、先生が西方浄土へ旅立たれるのではないかと心配で」

雪江は、菱湖の前に腰を下ろしつつ、負けじといい返した。

「よくいうわ」

菱湖が、わはは、と笑って盃を差し出した。

雪江は困惑して眉根を寄せる。

ん？　と菱湖が首を捻る。

「どうした。うわばみの雪江が下戸《げこ》になったわけではあるまいな」

雪江は気まずい顔をして、

「酒は三年近く一滴も口にしておりませぬ」

顔を伏せる。

ほお、と菱湖が大げさに仰け反った。

「嫁入ってからということか。なるほど、元の夫君にとめられたか」

「そうではございませぬ。我が夫はそのような狭量な方ではありません。ほどほどならば好きにせよと」

あ、元夫ですと、雪江は俯く。

菱湖は、くつくつと笑う。

「ほどほどの雪江さまなど、見たくはありませんがね」

懐かしい声音に、雪江の胸がとくんと鳴った。振り仰いだその顔には、笑みが浮かび、雪江に優しい眼差しを向けていた。

「雪城さま、ご無沙汰致しております」

「私こそ。ご息災でなにより。指南所を開いたと先生から伺いました」

雪城が、雪江にしがみつくようにしているおとしに気づく。

「おとしでございます。わたくしの門人です」

雪城は膝をついて、おとしと目線を合わせた。

「ほう、愛らしい門人だな。雪江先生は優しいかい？」

おとしが、上目遣いに雪城を窺いつつ、こくりと頷く。

「それはよかった。筆を執るのは楽しいかな」

首をかすかに傾げて雪城が訊ねる。

雪城の穏やかな表情に安心を得たのか、おとしが口を開いた。

「書は様々なものが表せます。自分の感情や性質も一本の筆から表せるとお師匠はおっしゃいました。書は日々使うものですけど、すごく特別なものにもなるんだって、あたし思います」

おとしはそうはっきりいった。

ほう、と雪城が感心するように声を上げた。雪江も驚いた。おとしがこのように物をいう子だとは思わなかった。これは、沙也の眼のほうがたしかなような気がした。

「先が楽しみな弟子をお持ちだ」

雪江は、胸の内でほっとした。

おとしは、引っ込み思案でも、愚図でもない。芯《しん》を持った子だ。

わはは、いいなあ若い娘はいいと、菱湖が上機嫌に破顔した。

「師匠、ずいぶんお酒が入っているようですね。断酒されたのではなかったのですか」

「おまえはすぐそれだ。それ、呑め」

「頂戴いたします」

盃を取った雪城は、菱湖が注いだ酒をひと息に呑み干す。

雪江はわずかに喉を鳴らした。

「いかがですか？　雪江さま」

雪城が盃を差し出してきたが、雪江は笑みを浮かべて遠慮した。

「おい、雪城、おまえが一番遅かったのだ。他の者はもう墨を磨っておる」

雪城を含む、菱湖四天王の三人のことだ。

「申し訳ございません。藤堂侯の指南で少々」

ふうん、と巻菱湖は頷く。

雪城はいま大名の藤堂家の指南をしているのだ。

「では、雪城、雪江、墨を頼む」

「承知致しました」

廊下を隔てた向かいの座敷に硯、墨、筆が用意されていた。早速、雪城が足を踏み入れると、すでに墨を磨っていた三人が「遅い」と一斉に声を上げた。が、雪江がおとしを連れて座敷に入ると、

「おお、雪江どの」と、打って変わった歓迎ぶりだった。

「おや、これはまた賢そうな子を連れておるな。まさかお子ではあるまいな」

「おいおい、それでは歳が合わん」

と、皆が笑う。まるで蕭遠堂での賑わいが戻ってきたような錯覚を覚えた。

雪江がたすきを掛けているところへ、「あのう」と腰を低くしたまま座敷に、老齢の者が入って来た。菱湖に揮毫を頼んだ村祭りの世話役のようだ。

「このようなことをお伺いするのはなんですが、先生はあのように酔われて、筆が執れるんでしょうか？　以前は中風を患われたとも耳にしておりましたもんで」

その心配も頷ける。一同通夜のように黙って酒食を口にしていたのはその不安があったからだろう。

雪江は、「ご心配には及びません」と、にこりと笑っていった。

「きっと立派な幟になりましょう」

はあ、と世話役は納得したようなしないような顔をして座敷を出て行く。

「すまないね。先生がどうしても雪江さまに会いたいと。それに、雪江さまの磨った墨のほうが、我らが磨るものよりさらりとしているらしい」

雪城がいった。

「幟を書くのだぞ。墨の量が多いんだ。雪江どのの墨だって混ざってしまえば同じだ。雪江どのは先生のお気に入りだからな」

墨を磨りながら、四天王でも年長の者が軽口を叩いた。

磨り上がった墨を木桶に入れ、運ぶ。

それを機に、菱湖がふらりふらりと立ち上がる。眼はすっかり据わっている。足をもつれさせて、踏鞴《たたら》を踏みながら襖に手をついた。

村の衆たちには巻菱湖への不信しかないような顔をしていた。中には、おめえが高名な先生だといったからだべ、いや、皆納得したろうがと、小声で諍《いさか》いまで始める始末だ。

「うるさい、黙らっしゃい」

ろれつの回らない菱湖が村人たちを見据える。

その眼光の鋭さに、村人たちが口を閉ざした。

「いちいち、騒ぐんじゃない。酒を飲んで筆を持てば、なんも考えずに穂が動く。上手く書こう、立派に書こうなどという考えは、さっぱりなくなってしまう」

菱湖は、持論を展開する。それもいつものことだ。雪江は久しぶりの菱湖のこの姿に呆れながらも、泰然とした想いを感ずる。

おい、なんもなくなっちまうってことだぞ、とまた村人がこそりという。

「よいか！　すべての邪心をなくしてこそ、穂が導かれるのだ。主らは口を挟まず見ておればよい。損はさせぬわ」

がははは、と菱湖は笑った。

年長の高弟が、

「先生、筆を」

というのへ、おうと、大きく頷いた菱湖は、木桶にざんぶと大筆を浸し、布地へにわかに筆を落とした。酔っていることなどいっさい感じさせない。ぴりぴりと張り詰めた気魄《きはく》がこちらにも伝わってくる。

筆の穂が布地に接する始筆、穂を運ぶ送筆、そして、布地から離れるまでの収筆。点、止め、払い、曲げ――。

迷いなどまったくない。

雪江は胸が圧し潰されるような気がする。筆が自分の身体をすべっていくようだ。密《ひそ》やかで、剛胆な刺激に貫かれる。

これが巻菱湖だ。

「ふん」

菱湖の始筆から送筆は、強い。

村の衆が眼を瞠る中、巻菱湖は、筆を自在に操り、次々と白地の布へ文字を記す。

菱湖の唸り声だけが座敷に響く。

誰もが、息を呑んでいる。おとしはただ口をぽかんと開けていた。

村の神社の名を楷書で記し、最後に村の社中名を入れた。

菱湖は、大筆を木桶に投げ入れるように浸すと、盃の酒を立ったまま呑み干して、

「ぷはぁ」

と、大きく息を吐いた。

それと同時に、皆の緊張まで解けるように、あちらこちらで溜め息が洩れた。

誰の眼にも鮮やかな、美しい文字が、そこにあった。

「なんてこった」

「まるで神さまが乗り移ったみてえな字だ」

次々と村人が口にする。

「わはは、それ見たことか」

菱湖は、ふんと鼻息を荒くしていった。

「先生、かたじけのうございます。大いばりで村へ戻れます」

老齢の世話人の一声で、たちまち宴になった。

いい心持ちの菱湖は、皆からの酒を浴びるように呑み、陽気に笑った。雪江にも幾度も酒を勧めてきたが、それだけは固辞した。

「なんだなんだ、以前のように、酔うて、わしに突っかかってくる雪江が好きなのだが」

「ですから、それは若気の至りでございます」

「いまだって、そうであろう？　女の書家は認められない、男ばかりがなぜ威張る。大方、水野老中の政《まつりごと》に文句のひとつもいうてはいまいか？　んんん？」

それは、まことのことなので雪江は、つい膝を乗り出した。

「いまのご老中さまは何をなさろうとしているのかさっぱりわかりませぬ。わたくしは、武家ではなく、女子として憤っております」

よっと、誰かが手を打った。

「先生、雪江どのは、悪酔いせずともいいたいことはいうようですよ」

「いいや、酔うたほうがもっと面白い」

菱湖は、どうしても雪江に酒を呑ませたいようだ。

たしかに、嫁入り前には巻菱湖と競うように酒を呑み、四天王が酔いつぶれると笑いながら、殿御のくせにだらしがない、だいたい殿御という者はなどと、眼を三角にして、くどくど文句を垂れた。

巻菱湖はそれが可笑しくてたまらなかったらしい。若かったとはいえ、いま思うと顔から火が出そうに恥ずかしい。

しかし、それでも、雪江の中に、いつも男には引けをとりたくないという思いがあった。

それは、父の采女の、「おまえが男であったならよかったのに」という言葉が、常に心のうちに潜んでいるせいだ。男であれば、どうであったというのだ。女であることで父を失望させたなら、女はなんだというのだ。

それが悔しかった。

宴の途中、雪城が席を立った。

藤堂家に戻るらしい。

雪江も年少のおとしを酒の席にいつまでもいさせることもできない。菱湖に、いつか指南所を覗いてくれるよう頼み、席を立った。

雪江は、万八楼の玄関先で雪城に追いつき、「雪城さま」と、声を掛けた。

「雪江さまもお帰りですか」

「じつは、お願いがございます」

雪城が、訝しげな表情をする。

「この、おとしをお願いできませぬか？」

「この娘を」

雪城は、眉をひそめ、雪江の唐突な言葉に釈然としない表情を見せた。

当のおとしでさえ驚いた顔をしている。

「驚かれるのも承知でお頼みしております」

雪江は、おとしの置かれた身の上を雪城に告げた。

雪城は少し腰を屈め、おとしをじっと見つめた。おとしは、その雪城の視線から逃れるように俯く。

「そう、怖がらなくてもいい。おまえは菱湖先生の書を見てなにを感じた？」

おとしは、しばらく黙っていたが、やがて言葉を選ぶようにして話し始めた。

「あんなにお酒に酔っていたのに、筆を執った途端、お顔が変わって驚きました。あんな大きな字も人は書けるのだって思いました」

「そうだねぇ。もっと大きな字を書くこともある。じつはね」

先生は昨晩から幾度も幾度も同じ字を書いていたんだよ、と優しくいった。

夜通し眠ることもなく、どう書けばよいのか、どう書けば美しく見えるのか、懸命に筆を執っていたんだと、おとしに小声で告げた。

「でも、これは先生には内緒だよ。先生は、酔って書くから上手いわけではない、その前に、幾枚も幾枚も書いて、頭に筆の動きを叩き込んでいる。優れた書家でも始筆は怖いものだからね。だから、どんなに酒で頭がしびれていても、筆を執れば、吹き飛ぶのだよ」

「あんなに偉い先生でも、怖いと思うのですか？」

「そう、先生はじつは弱虫なんだ」

雪城は笑った。だから、幾枚も書く、自分が思ったとおりの運筆ができるまで書くのだよと、雪城はいった。

「先ほど、おとしちゃんがいった言葉に私は感銘を受けた。おとしちゃんがいうように筆は日常の道具でしかない。しかし、特別なものにもなれるとね」

美しさ、力強さ、厳めしさを感じる文字がある。そしてそれを記す自分の意思がそのまま筆に伝わる。

「おとしちゃんならば、きっといい字が書けるようになる。どうかな、私の弟子にならないかい？」

雪城は、おとしの手を取った。

「あたしが？」

おとしは、雪江を仰ぎ見る。

「ただ、おとしちゃんは、旗本の宮田家の使用人でもあります。それが」

雪城が、うんと考え込んだ。

「それは、私がなんとかしましょう。いざとなったら藤堂家のお力を借ります」

そんな、と雪江が背を向けた雪城を追おうとしたが、

「大丈夫ですよ。うまくやります。それではまた」

そういって、雪城は万八楼を出て行った。

「かたじけのうございます」

雪江は雪城の背に向けて頭を下げる。

これで、おとしに、存分に書を習わせることができる。いま、おとしが置かれている境遇からも脱することができる。雪江は、雪城の言葉にほっとしていた。が、隣でおとしが急に泣き出しそうな顔になった。

「あたし、汐江さまと離れるのは嫌です」

雪江は、おとしを見つめる。

「汐江さまは、あたしを詰ったり、叱ったりしますけど、ほんとはお優しい方なんです」

おとしの母が宮田家で働くようになったのは、おとしが二つのときだった。

おとしの母は、商家の奥向きで働いていたこともあり、宮田家でも重宝がられ、台所働きからすぐに主夫婦の世話をする奥向きの下女となった。

そのとき、おとしは、七つだった汐江の遊び相手になっていた。

「ほんとうに可愛がってくださいました。あたしは八つから台所で働かせていただきましたが、そのときも」

皿が割れるのも、給仕が遅れるのも、みなおとしのせいだと、台所頭の女中はいっていたが、汐

江だけは、かばってくれたという。

　そうした嫌がらせがさらにひどくなったのは、おとしの母と、汐江の父親との間に子が生まれてからだ。母親が殿さまをたぶらかしたとか、湯殿での世話を望んだとか、ありもしない噂をし、おとしの飯には虫が入れられたこともある。

　それを知った汐江は、わたしだけのお付きにするから、と、台所からおとしを引き上げさせた。

「ですから、あたし、なんの恩返しもしていません。お師匠もわかっていらしたのですよね。あたしが代筆していたこと」

　おとしは唇を嚙み締めた。

「あたし、汐江さまのお側にいなきゃいけないんです。いたいんです。書は好きでも、汐江さまのお世話をしたいから」

　雪江は、しゃがみ込むと、おとしに向かって横に首を振った。

「それは、あなたが望んでも無理。おとしちゃんのお母さまは男の子を産んだけれど、宮田家で預かってくれるのは、赤子だけ。あなたと母上は、いずれお屋敷を出されることになりましょう。あるいは、あなたが、宮田家に引き取られても、すぐに、他家へ養女に出されます」

　そんな、とおとしは顔を強張《こわば》らせた。

「じゃあ、汐江さまのお側にはいられなくなるということですか」

「いまのように、お付きのままというわけにはいかないでしょうね」

　おとしは、悔しいのか悲しいのか、身を小刻みに震わせた。

「あなたが、書で身を立てる気があるのならば、雪城さまの処へお行きなさい。立派な姿になったあなたを見せるのも、汐江さんへの恩返しとなるはずよ」

「お師匠さま」

おとしは小さく頷いた。

六

おとしは内弟子として、母親は下女として雪城の屋敷に住込みでいられることになった。

汐江は、年増《としま》の下女を連れて来るようになった。

おとしとの泥の中での喧嘩以来、汐江は卯美をちょっと避けるようになっていた。

文机も少し離れて置き、帰りも支度を急がない。

雪江が門人をひとりひとり見送っていたとき、脇玄関へと出て来た卯美に訊ねた。

「ねえ、卯美さん。どうしてあのとき、喧嘩を止めなかったの？　お友達でしょ」

卯美が、三和土に下りながら雪江を見て、笑みを浮かべた。

「まっぴらよ。だって、着物が泥で汚れてしまうじゃない」

「それはそうだけど、中間たちは、あなたが喧嘩を止めさせなかったといっていたわ」

卯美が、わざとらしく息を吐く。

「お師匠も暇ね。そんなこと訊いて回ったの？　あのね、汐江さんは、わたしと違ってひとり娘なのよ。兄弟姉妹がいないから、喧嘩もできないって、わたしや涼代さんを羨《うらや》ましがっていたわ」

だから、その願いを叶えてあげただけよ、と卯美は雪江に問うように小首を傾げた。

履き物を履いた卯美が、振り向きもせずに大きな声でいい放った。

「知るってことは、いいことばかりじゃない。矢のように突き刺さってくる出来事もあるのよね。それを、受け止めることができなきゃならない。それが知るということでしょ、ねえ、お師匠」

卯美は声を張るようにいい放った。

「ええ、たしかにそのとおりよ、卯美さん」

まだ、指南所の座敷に残っていた汐江のすすり泣きが雪江の耳に聞こえてきた。


新之丞が非番の前日の真夜中、ばたばたと廊下を走る音がして、はばかりの戸が乱暴に開けられた途端、呻き声が聞こえた。

雪江は、いったいなにが行われているのだろうと、手燭を持って、廊下へと出た。

そうっと覗くと、新之丞が便壺に向かって呪詛《じゅそ》のような言葉を吐いている。

「新之丞?」

雪江が静かに声を掛けると、新之丞が振り向いた。

雪江は一瞬、ひっと声を上げそうになった。

新之丞の眼の周りは落ち窪み、頬も痩《こ》けた幽鬼のような顔をしていた。酒も入っている。

「いったい、なにがあったのです」

新之丞は、ううと呻いて、狭いはばかりの壁に背を預け、額に手を当てた。

「知られてしまいましたね。たまらんのですよ。奥右筆では、様々な噂が耳に入る。知らなくていいことまで、耳に入れてくる奴らがいる。お偉い人たちが、理不尽な決定を下す」

私はそれが溜まりに溜まると、こうして便壺に向かって話しているのです、と新之丞は嗤《わら》った。

「情けないでしょう」と、新之丞は息を吐いた。

いいえ、と雪江はいった。

「知ることは、いい出来事ばかりではありませんもの」

卯美がいった言葉だ。

「それをどう思い、どう考え、どう用いるかが人なのでしょう。でも、便壺は他の人には話しませんから、いいのではないかしら？」

雪江が冗談めかしていうと、

「そうですな、姉上。屎尿《しにょう》は口がきけません」

新之丞が、さもおかしいというふうに肩を揺らした。

礼をつくせば

一

濡れ縁で、髪結いの銀次が、新之丞の髷を結っていた。

銀次は新之丞の髪に鬢付け油を付け、丁寧に櫛で梳き、髷の形を整えていく。

新之丞は腕組みをして、目蓋を閉じ、口許をぐっと引き締めている。

鼻筋の通った、もともと端整な顔立ちをしている新之丞だが、なるほど、こうしてあらためて見てみると、精悍《せいかん》さもある。

新之丞の登城日に、どこからともなく屋敷の門前に集まる娘たちの気持ちもわからなくはなかった。

今朝もすでに一番手、二番手あたりが首を長くして待っているに違いない。

母の吉瀬から聞いた話によると、真冬の寒さの折には、玄関先まで娘たちを招き入れ、手焙《てあぶ》りを出すのだという。では暑い最中はと、さらに雪江が問うと、

「団扇《うちわ》を配るのよ」

それがどうかして？　という疑問口調で返された。そうした細やかな気遣いに、娘たちの新之丞熱は、さらに高まるのであろう。

雪江は、腕を伸ばし、枝を切る振りをして、さりげなく新之丞を窺う。

やはり、今朝の新之丞は違う。いつもはもっと軽薄で、軽口ばかり飛ばしている。

それに、銀次のほうもまったく口を開かない。雪江に小さく会釈だけしたが、その後は真剣な眼差しで鬢櫛を髪にあてていた。

常なら、なにを話しているのか、隣室にいてもふたりの楽しげな声が聞こえてくる。なのに今朝はふたりとも黙ったままでいた。

少々薄気味悪くもある。

なにかお城でよくないことでもあったのか、それとも喧嘩でもしたのかしらと、雪江が訝っていると、

「いいお日和ですこと。では雪江、母は出掛けて参ります」

晴れ渡った空を見上げながら、吉瀬が庭に姿を見せた。後ろには、荷を抱えた茂作がいる。

「伯母さまのお見舞いですか」

雪江の言葉に母の吉瀬は不服げな顔をした。

「ええ、いささか心配なので様子を見てこようかと。でもねぇ」

吉瀬とその姉の伯母は仲が良く、花見だ、芝居だとよくふたりで出掛ける。

だが、先日、木挽町にある河原崎座での芝居の帰り道、駕籠に乗り込もうとしたとき、伯母がぬかるみに足を取られて腰を強く打ってしまった。

俯せでしか寝ることができない、はばかりに行くのがやっとだ、食欲もないなどと、幾度も文を寄越していた。

「昨日の文には、豆大福が食べたいとあったのですよ。なにも喉を通らないと前の文には書かれて

いたのに。少し食欲が出てきたのでしょうけど」

そのため、急ぎ日本橋まで茂作に購いにやらせたのだ、と息を吐いた。

「お菓子は口実で、きっと、母上とおしゃべりがしたいのでしょう。それより、母上」

雪江は、吉瀬にそっと近寄り、その耳許へ囁《ささや》いた。

「新之丞と銀次の様子が妙ではありませぬか？　いつもでしたら、子犬がじゃれ合っているようですのに」

吉瀬もふたりを見やり、「そういえばそうね」と、首を傾げた。

銀次が髷を作り終え、元結の端を鋏で切った。

ぴしり。

その乾いた音が合図でもあったかのように新之丞がゆっくり目蓋をあけた。

銀次は鬢を再び、鬢櫛で慎重に整えると、

「お疲れさまでございやした」

かしこまって頭を下げた。

新之丞は手鏡を手に取り、髷と鬢の具合を確かめると、己の顔を映した。

「顎鬚《ひげ》が出ているな。剃ってくれぬか」

「へい、ただいま」

銀次がすぐさま剃刀《かみそり》の用意を始める。

「あの落ち着きぶりが変ね」

吉瀬は、見舞いに行くのも忘れてふたりの様子に見入っている。

「おふた方、さっきからなんですか。じろじろと」

顎を上げたまま、新之丞は視線だけを、雪江と吉瀬に向ける。吉瀬が、あらと空とぼけた顔をして、口を開いた。

「今朝はやけに静かだなと思っただけですよ。普段なら賑やかですのに」

雪江は新之丞の髷が違うことに気づいた。

「銀次さん、いつものように髷を後ろに下げないのですか」

銀次が黙ってちらりと新之丞を見る。

はあ、と新之丞が胡坐《あぐら》に組んでいた脚をくずし、両脚を投げ出した。

「本日は、お城に上がらないのです。ご老中の水野さまより召し出しを受けましてね、お屋敷へ直に参るのですよ」

「水野さま！」

雪江と吉瀬は同時に叫んだ。

浜松藩主の水野越前守忠邦は、いま江戸の町に吹き荒れている改革を強引に推し進めた老中首座だ。

女の廻り髪結い、女義太夫の禁止にも得心がいかなかったが、葭簀《よしず》張《ば》りの水茶屋も撤去され、あろうことか料理茶屋で働く酌取り女たちを吉原へ入れた。中には、春をひさぐ女性もいたのだろうが、市井で働く女たちの居場所をことごとく潰している。

むろん、雪江など目通りが叶うようなお方ではないが、文句のひとつくらいはいいたいと思っている。

寄席は減らされ、芝居小屋も火事で燃えたのをこれ幸いに、浅草山へ移転させられた。好色本、人情本、役者絵、遊女画なども風紀を乱すとして、版木《はんぎ》没収のうえ、叩き割られたものもある。締め付けばかりで、まったく緩めることを知らない。

新之丞は、重たい表情で口を開く。

「ご老中は、石灯籠《いしどうろう》や手水鉢も十両以上の値はけしからんというお方です」

「そんな物にまでですか。幸い我が岡島家の石灯籠は安物でございますが。よくぞそこまで細々と。なんというか、下々ではそういう者のことを、ケツの穴の小さい奴というのではありませんか？そういうお方は、わたくし、好みではございませぬ」

吉瀬が眉根を寄せる。

「母上、少々お下品ではございませんか。せめて、尻の穴、と」

雪江が困った顔でいうと、新之丞がむっとした。

「どちらでもいいでしょう、そんなものは。私が召し出されているのですから」

「いずれにしても、狭量な殿御は、母は嫌いです」

母の殿御の好みは別にして、雪江はふと別の不安にかられた。

水野老中は、大御所の家斉亡き後、その側近であった者らを次々罷免し、己の思いどおりに動く者を町奉行などに登用している。

機密文書などを記録する奥右筆勤めをしている新之丞とて、使い勝手がよいように思えた。いくらでも、好きなように書かせることが可能だからだ。

しかも、奥右筆の者たちは口が堅い。というより職務上、何事も洩らしてはならないのだ。それに堪え兼ね、酔いにまかせて、己が得心しかねる内容を、はばかりの便壷に垂れ流す新之丞のような者が他にもいると雪江は思う。

しかし、なにゆえ新之丞なのか。

わざわざ自邸への召し出しとなれば、色々勘ぐりたくもなる。なにより、水野老中の人選がはかりかねる。

雪江、と吉瀬にいきなり袖を掴まれた。

「やはり、あなたの指南所のことがご老中のお耳に入ったのではありますまいか」

だとしたら、女だてらに、しかも旗本の息女が、ましてや出戻り娘が、内職のような真似をしていると、お怒りになられているのでは、といちいち聞き捨てならない言葉を連ねた。たしかに門人から、束脩や謝儀を得ている。が、ごくわずかなものだ。ただし、ご公儀より、岡島家は知行地も与えられている立場ではあるので、そこを責められたら、痛いといえば痛い。

「ですが母上。わたくしは、悪いことをしているとは思うておりませぬ」

不安げな顔の吉瀬にぴしゃりといい放った。

髭を剃り終えた新之丞は、肩に掛けられた手拭いで顎を拭う。

「母上、ご安心ください。指南所のことではありませんよ。ご老中は必要以上の贅沢を禁止なさっておいでなのですから」

むしろ、文武を奨励するご老中にとっては、武家の娘が書を学ぶことをよしとするのではないかと、新之丞は吉瀬の不安を飛ばすような笑顔を向ける。

それでもまだ吉瀬は喉に小骨が引っかかったような顔をしていた。

「新之丞のいうとおりです。わたくしは、指南所を開くにあたり、そう申し上げたではございませんか。もしも指南所をやめろとお命じになるなら、新之丞ではなく、わたくしを召し出せば済むことです」

吉瀬は、頬に手を当て、そうねと呟いた。

けれど、と雪江は新之丞に向かって、思わず口走った。

「いまのご改革は、庶民の娯楽を奪い、それに携わる者が仕事を失っているのです。それがご政道だというのなら、わたくしは承服できませぬ。ひと言ふた言、皮肉のひとつも投げてきなさい」

やっと、腰を上げた新之丞がいった。

「姉上、頭から湯気がたっておりますよ。まったく、ご老中に皮肉などいったらどうなることか。お役を失うなら、まだまし。いらぬことを申せば、もう二度と再び我が屋敷へ戻れぬかもしれませんよ」

「まあ」

吉瀬が肩を震わせる。

「父上がよくおっしゃっていたことが、いまさらながら思い出されます」

雪江は、わずかに眉を寄せた。

「姉上が男子であったなら、と」

「新之丞、それは父上が戯れにいっていたことですよ」

吉瀬がたしなめたが、雪江は黙ったままでいた。父の采女は、酔っては、雪江が男だったらと繰り言のようにいっていた。雪江自身もそうだった。女であるこの身をときどき歯がゆく思うことがある。けれど、これればかりはどうにもならない。

だいたい、男だからなんだというのだ。女がいなければ、男だって、この世に生まれてはこない。

新之丞は、立ち上がり背を向けた。

「いやぁ、まことに父上はそう思っておられたはず。私は、書でも姉上には敵わない。酒も弱い。物言いも姉上のほうが上だ。勝てる見込みがあるとすれば、せいぜい剣術ぐらいのものでしょう、姉上」といきなり雪江を返り見て、白い歯を見せた。

新之丞のいつもの手だ。こうしておどけることで、嘘も真も、己の胸底を隠そうとする。私と新之丞が逆であったら、どうなっていただろうと、詮無いことを思う。

では参るかと、新之丞は、

「銀次、今日の髷はいつにもまして上出来だ。これだけ、きちりとしていればご老中も文句はいわれるまい」

銀次の肩をぽんと叩いた。

「ありがとう存じます。お好みどおりに仕上げるのがおれの仕事でさ。けど」

銀次が暗い表情で新之丞を仰ぎ見る。

「ご老中の水野さまってのは気難しいお方でやんしょ。おれの仲間の廻り髪結いや、おれが出入りしていた戯作者も、すぐに手鎖だの小伝馬町《こでんまちょう》へ牢送りだの、容赦がねえ。おれも、雪江さまとおんなじ気持ちだ。承服とかってやつはできねえ」

新之丞は、ははは と高らかに笑った。

「ま、奥右筆を手駒《てごま》にするのも確かにひとつの手ではあるだろうなぁ。それがなにゆえ私であるのか、いまひとつわかりませんが」

新之丞も雪江と同じことを考えていた。

二

新之丞が、大勢の娘たちに見送られ、駕籠に乗り込み、御城の西丸下にある水野家へと向かい、母の吉瀬もすぐあとに慌ただしく屋敷を出て行った。

茂作の名を呼んでから、母の供に出てしまったことを雪江は思い出し、もう花の時期を終えそうな木香茨《もっこうばら》を切り、花器にさした。

黄色の八重の花びらが華やかだ。さすがの水野さまも花々の美しさまで規制することは適うまい。

陽が昇るにつれて、暑さが増してくる。

文机に向かい、雪江はいつもの儀式を行う。

硯、筆、そして、紙を置く。

たすきを掛け、そっと墨を手にすると、ゆったりとした心持ちになる。

墨池に注いだ水に墨を置き、ゆっくりと磨り始める。

不意に、雪城《せつじょう》の顔が浮かんできた。少し鬢に白髪があったことと、目尻の皺を除けば、その笑顔は兄弟子と慕った昔の頃のまま雪江に向けられていたような気がした。

雪江の師である巻菱湖の大幟の揮毫の日に再会してから、もう十日ほどが経つ。

指南所に通って来る三人娘のひとり、宮田汐江の供について来ていたおとしを、雪江は雪城に預けた。

幸いおとしは書に興味を抱いていた。汐江の代筆をさせられていたくらいだ。しっかりとした字を書く娘だった。ただ、雪江の元に置いては、汐江と顔を会わせることにもなる。互いに気まずいこともあろう。ならばと、雪城へ預けたのだ。

雪城は、おとしの母親も、薬研堀《やげんぼり》にある自分の屋敷へ引き取ってくれたらしい。

雪江にとっては、思った以上に嬉しいことだった。

雪城との再会から三日後、その礼をしに、薬研堀の屋敷を訪ねたが留守だった。初めて屋敷に赴いたが、黒塀を巡らし、敷石は黒に統一され、奥には青々とした竹やぶが見えた。どこか料理屋を改築したふうな趣があった。

雪城の代わりに妻女とおぼしき女が応対に出て来たが、結い上げた髪にも、ほつれが目立ち、上等な着物もわざと着崩しているのか、およそ雪城には不釣り合いな印象を受けた。歳も、雪城よりかなり上に見えた。

突然の訪問にもかかわらず、妻女は別段、驚いたふうでもなかった。

雪城の門人には、町人も武家もいるからだろう。雪江が名乗ると、

「岡島雪江さま」

妻女は、さして興味がないというように、名を呟いた。

「ああ、菱湖先生のご門弟の。お旗本のご息女でございましたよねぇ」

妻女は、雪江が購った菓子折りを、その場で開いた。二棹の羊羹だ。江戸でも指折りの菓子舗のものだ。

「まあまあ、このような高価な物を。お武家のご内証は、見かけより厳しいと、よく父から聞かされておりましたが、岡島さまは、それなりのお暮らしをなさっているようでございますねぇ」

初対面にもかかわらず、遠慮の欠片《かけら》もない言葉を投げつけてきた。雪江は閉口する。

雪城は指南に行っていた商家の娘と夫婦になった。あまり記憶がさだかではないが、たしか札差《ふださし》を営んでいたような気がする。旗本や御家人の俸禄米を銭に換金する札差業なら、武家の暮らしがつましいことをよく知っているのだろう。

さらに、妻女の吊り上がった眼は、雪江を値踏みするように見つめていた。

いささか気分が悪い。

雪城は兄弟子だ。おとし母娘《おやこ》の礼に訪れただけであるのに、妻女の眼つきは違っていた。あきらかに疑心にとらわれている。

「夫の雪城は、藤堂侯のお召しで出ておりますが、なに用でございましょう」

「雪城さまに、おとし母娘のお礼をと急ぎ思い立ちまして。突然のご訪問の無礼をお許しください」

「ああ、おとしね。そうですか、恐れ入ります。夫の雪城に伝えておきます」

それだけいって、身を返そうとする妻女に雪江は、あの、と呼び掛ける。

「おとしに会わせてはいただけませんか？」

「いまは、いませんよ」

えっと、雪江は眼をしばたたく。

「夫の雪城とともに、藤堂侯のお屋敷へ行っております。なにかというと、あの娘を連れ出して、着物まで誂えてやっているんですから。困っちまいますよ。他の門人たちも、薄々気づいておりましてね」

頭痛がするとばかりに妻女は、右のこめかみを指で押さえた。

おとしは、それほど雪城に大事にされているのかと、雪江は嬉しかったが、妻女の手前、申し訳なさそうな顔をして、腰を折った。

「おとしを大切にしていただき、まことにかたじけのう存じます」

「やめてくださいな。お旗本のご息女に頭を下げられるほどのことじゃございません」

「いいえ。おとし母娘をお願いしたのは、わたくしでございます。お礼を申し上げるのは当然でございますゆえ」

「まあ、食い扶持《ぶち》がふたり分増えたことは間違いありませんけれどね。それでも母親のほうは、よう働いてくれますし、助かっておりますよ」

妻女は、深く息を吐く。

「あたしと、夫の雪城の間には、子がありませんのでね。あのおとしという娘がかわいいのでしょう」

そうだったのか、子がいないのかと雪江は胸の内で思った。

またも、妻女は雪江をじろじろ見ると、

「失礼を承知でいえば、どことなく、あなたさまとおとしは、似ているようですねぇ。だから、よけいにかわいいのじゃないかしら」

赤く塗った紅から、お歯黒を覗かせて笑った。

そうか。この妻女が「夫の雪城」とわざわざ繰り返しいうのが気になっていたが、雪江に対する牽制か。妻女は急に眼をすがめた。

「離縁されたと夫の雪城から聞きましたが、すでにお子がいらしたのが、嫁ぎ先に知れてしまわれたとか。あのおとしはあなたさまのお子だったりして」

妻女は、楽しげに笑いながら雪江の様子を窺う。

雪江は呆れてものもいえなかった。なぜ、そのような考えに及ぶのか。

「失礼いたします」

なんと無礼な、と怒りを抑えつつ、雪江は雪城の屋敷を後にした。

おとしが、私の娘？　おとしは十歳だ。

ならば、わたくしが幾つのときに産んだことになろうか、わかりそうなものだ。

駕籠を待たせた処まで、ずんずん歩く雪江に、「雪江さま、お嬢さま」と、茂作が小走りについてきた。

駕籠に乗り込もうとした雪江は、ふと茂作へ問い掛けた。

「わたくし、幾つに見えますか？」

へっと、茂作が面食らった。

「そういわれましても。年相応のお姿で」

当たり障りのない返答をした茂作は、

「雪城さまのお屋敷でなにかございましたか」

と、問い返してきた。

「たいしたことではありませぬ」

雪江は幾分強い口調でいって駕籠に乗った。

雪城には申し訳ないが、その見た目や言動から、妻女は少々気鬱気味なのではないかと疑ってしまった。

雪城の妻女の無遠慮な、礼を欠いた物言いが、じわじわと雪江の胸底からこみ上げてきた。

雪江は中筆を執り、一気呵成に、「礼」と「禮」のふたつを書き上げた。礼は禮の簡体字である。

禮にある左側の示は、神事を指し、右の豊は神に捧げる供物を表している。

「雪江さま、ご門人が」

若い家士が告げに来た。

「わかりました」

これまで、静かだった座敷に、若い娘たちが入って来ると、あっという間に賑やかで、華やかになる。

宮田汐江が、雪江の側を通る瞬間。

「お師匠、おとしのこと、ありがとう」

小声でいった。つんと澄ました表情ではあったが、雪江は、汐江に笑みを向けた。

皆から宿題を集める。雪江は、汐江の筆を見て、はっとした。自らの手で書いている。止めもはねもまだまだ荒っぽいが、柔らかなよい字をしていた。

おとしのいうとおり、根は優しい娘なのだろうと雪江は思った。

三

供の者たちが、文机を並べ、準備をしている間、雪江は、自室に小筆を取りに行った。

指南する座敷に戻ったとき、娘たちの間に、不安げな声が飛び交っていた。身を震わせている幼い門人の肩を、隣の歳上の娘が励ますように抱いている。

三人娘は相変わらず、小塚卯美を挟んで、宮田汐江、松永涼代が一番前を陣取っていた。が、三人もこそこそ、ひそひそ、落ち着きがない。

「なにか、ございましたか？」

雪江が問うと、小鳥たちが親鳥にえさをねだるように、一斉に口走り始めた。

聞き取れたのは、異国船とか、逃げたとか、そのような言葉だけだった。

「いっぺんに話されてはよくわかりませぬ」

笹本香さまが、よけいな瓦版をお持ちになったのです、と嫌みっぽく卯美がいった。

「瓦版を。なにが書かれていたのですか？」

香が、立ち上がり雪江の文机の上に置いた。

「これは――」

早速雪江は瓦版を手に取り、眼で文字を追った。

忍藩《おし》の沿岸警備の者が、異国船から給水の交渉に出てきた小舟に発砲し、異国人を殺傷したというものだった。

「恐ろしくはありませんか、お師匠」

香の静かな声が雪江の耳に響いた。

小舟は沈み、三人の内、ふたりの亡骸《なきがら》は見つかったが、あとのひとりが見当たらない。

その者が逃げて、どこかに立てこもっているのではないかというものだ。

雪江は、吐息した。

このところ、異国船が頻繁に我が国の近くに現れている。お上もその対応に憂慮し、脅威も感じているという。

老中の水野忠邦は、沿岸防備の強化をするとともに、海岸の見分を行い、武蔵国荏原郡《えばらぐん》に羽田《はねだ》奉行を設置した。

そして、羽田は幕府が、それより南部の地域を川越藩、忍藩で守ることになったのだ。

その忍藩が、異国船から出された小舟に発砲。これはたしかに、ゆゆしき事態だ。なおかつ、ひとりが生き残り、海に流されたか、上陸したかもしれないとなれば、皆が不安に感じるのも頷ける。

とはいうもの、異国人であれば、目立たないはずがない。雪江も、長崎の阿蘭陀絵《オランダえ》を眼にしたことがあるが、風貌も衣装も、我が国の者たちとはまったく違っている。

それが水夫《かこ》であろうと、変わりがないのではあるまいか。もしも、海に落ち、なんとか海岸にたどり着いたとしても怪我などしていれば、気の毒に思う。だが、心配の根はそれ以上だ。

「その異国船が攻めてくるのではないかと、皆、恐ろしくて」

「なにか行き違いがあったのでしょうが、水夫の命を奪ったのが事実であれば――」

そういいながら、瓦版の最後の一行に、雪江は眼を瞠った。

忍藩、森高彦吾郎《ひこごろう》が、その後、遁走《とんそう》したとなっている。

森高――。

かつての雪江の嫁ぎ先の姓も森高だ。

この森高彦吾郎は、元夫の章一郎の家となにか繋がりがあるのだろうか。いや、忍藩は武蔵国。

姓が同じ家などいくらでもとはいわないが、あるはずだ。

瓦版は、なにかが起きるとすぐに町にばらまかれる。だが、いつのことかは書かれていない。新之丞に確かめてみようと雪江は思った。

「お師匠、お顔の色が」

香が心配そうに声を掛けてきた。

「あの、香さん、この瓦版、少しの間、貸していただいてもいいかしら？」

ええ、と香が不思議そうに頷きながら、自分の文机に戻って行った。

さあさあ、と雪江は気を取り直し、手を打った。

「大丈夫ですよ、お上がきちんと対応をなさいます。さあ皆さんも落ち着いて、お稽古をいたしましょう」

雪江が声を張ると、ざわついていた座敷がようやく静かになった。

汐江は、真っすぐに雪江を見ている。その視線は、以前と違って真剣なものだ。学ぼうという姿勢に代わっている。少しずつでもいい。楽しんでくれたらいいと思う。

そんな汐江の態度を、卯美が横目で見ている。

それにしても、森高という姓が気にかかる。

けれど、離縁された身で、森高の敷居をまたぐわけにはいかなかった。

雪江の心の揺れが顔にでていたのか、皆の眼が注がれている。

「あら、ごめんなさい。では本日は、禮という字を書いてみましょう」

雪江が皆に向けて、書いたばかりの手本を示した。

「お師匠、ずいぶんややこしい字だわ」

すかさず卯美が面倒臭げにいったが、それも承知の上だ。雪江はさらに続けた。

「禮は和をもって貴しとなす、というのは論語の一節にもあります。そして禮は天理の節文、人事の儀則なりと、朱子学にもあります」

「ますます、ややこしい」

卯美が、汐江にわざと身を寄せていう。汐江は、そうねと、困ったような顔をして応えていた。

「お師匠がお話をなさっているのだから、静かにしてはいかがかしら？ ここは指南所。まずは門人として、師匠への礼儀をわきまえてくださらない？」

後ろから、堀越沙也の声が飛んできた。卯美が、赤い唇を嚙み、首を回して沙也を睨みつける。

「師匠から贔屓にされていると、急に態度が大きくなるのね。そちらこそ、礼儀をわきまえたらどうかしら」

卯美も負けじといい返した。

沙也は、巻菱湖《まきりようこ》の門を叩く前に雪江が通っていた手習い所にいた森田果乃の娘だ。

果乃も、ほどなく、その手習い所を離れ、江戸では巻菱湖と人気実力を二分する市河米庵の許で学び、いまは桃庵という筆名で、筆を執っている。

果乃の嫁ぎ先は小普請入りの御家人。

小普請は出仕するわけではなく、小普請金という修繕費を俸禄から出すだけの、いわば無職のようなものだった。

その家計を埋めるために、沙也の母である果乃は、桃庵という筆名で商家へ指南に赴き、あるいは筆耕や看板書きまでしているという。

雪江は沙也を通して、後日、浅草寺《せんそうじ》門前の茶屋で果乃と待ち合わせる約束をした。

顔を合わせれば、十数年の星霜が一気に縮まるのだろう。

幼い頃の、たわいもない話に笑い合っていた自分たちに戻れるような気がする。

それがいまから、楽しみでならなかった。

それでも、果乃の口から、きっと離縁のことは訊ねられるとは思う。

たぶん果乃であれば、勝ち気な雪江さんに旦那さまが恐れをなしたのじゃないかしら、と笑い飛ばしてくれるに違いない。


「小普請入りの御家人のくせに生意気」

卯美がぼそりといった。

雪江は、その声を聞き逃さず、卯美をたしなめる。

「卯美さん、それこそ礼を失しておりますよ。ここでは、父上のお役目がどうあろうと、皆同じでございますから」

「そうかしら？　ならば、沙也さんの母上とお師匠は幼馴染みだったのでしょう？　目をかけるのはいいんですか？」

雪江は、眼をしばたたく。いったいどこから知り得たものか。

「沙也さんの母上はたしかに私と同じ指南所に通っていた時期もございますが、そのことで沙也さんを引き立てるようなつもりはありません」

「では、そうお願いします」

卯美の言葉には嫉妬にも似た刺々《とげとげ》しさがあった。

やっと、指南に入れると思った刹那、どすどすと荒い足音とともに、「お、お待ちくだされ」と、家士の叫ぶような声が聞こえてきた。

「この座敷か」

雪江は耳を疑った。

あの胴間声は、師匠の巻菱湖だ。

いつか指南所を覗いてくれるよう頼んだが、まさか今日とは思いもしなかった。

きゃあ、と女たちの声が上がる。娘たちの供が控えている隣室の座敷だ。

雪江はすぐさま立ち上がり、障子を開いた。

「こちらでございます、先生」

「おう、隣か。過日はご苦労だったな」

菱湖の声が響く。

「いいえ、なんのお役にも立ちませんで」

裁着袴《たっつけばかま》に、袖無し羽織を着けた菱湖は手に提げていた角樽《つのだる》を掲げた。

「遅くなったが、おまえの指南所開きの祝いを持って来た」

菱湖は、んんん、と大きな眼で座敷中を見渡した。束ねた総髪に、無精髭。

娘たちは、突然の珍客に、身を固くするやら、眼を見開いたままぽかんと口を開けるやら、様々だ。

「ほうほう、なかなか別嬪《べっぴん》さんが揃うておるわい」

卯美と涼代が怖々身を寄せると、わははと豪快に笑った。ふたりはますます身を強張らせる。

「先生、おいでになるなら文をくだされば」

雪江の言葉に、菱湖がむっと唇を曲げた。

「いやなに、このあたりに所用があってな。雪城から、五のつく日に指南しておると聞いていたのでな、立ち寄った」

「かたじけのうございます」

雪江は丁寧に腰を折る。

「しかし、娘御ばかりであれば、酒でなく、甘味にすればよかった。こりゃ、しまった」

菱湖は、雪江の文机の横にどかりと腰を下ろす。

「あの、お師匠」

卯美がおずおずと、雪江に向かって口を開いた。

ああ、と雪江はいま気づいたというふうに、

「私の書の師匠、巻菱湖先生です」

皆を見回した。

一同がざわめく。このざわめきは、おそらく、娘たちが想像していた巻菱湖とは違っていたということだろう。もしも菱湖の書を眼にしていたならば、なおさらだ。もっと、穏やかで、落ち着きのある人物を思っていたに違いない。

卯美が再び訊ねてきた。

「祝い酒をお持ちになられたということは、お師匠は」

菱湖は身を乗り出して、にっと歯を見せた。

卯美が、ひぃとばかりに身を引く。

「おお、雪江はこう見えてうわばみでな。わしの指南所へ通っているときは、それはそれは水のように呑んだ。うちの四天王が酔いつぶれても、その襟首を摑んで、書についてとうとうと述べておった」

誰も聞いちゃおらんかったが、と破顔する。

まあ、お師匠が、と娘たちの間から、なんともいえぬ息が洩れる。

菱湖は無精髭を撫でながら、懐かしむような眼をした。雪江は眉間に皺を寄せながら、

「先生。皆にそのようなことは」

口調を強め、菱湖の隣にかしこまった。

「いいではないか、嘘ではない」と、菱湖はいうや、

「うわばみを手本にしろとはいわぬわ。主《ぬし》らは、そういう師匠を持ったということだ。楽しめ楽し

め。書には己の魂が宿る」

娘たちに向かってそういった。

で、雪江は、まったくこのお師匠はと、息を吐く。

雪江は、なにを書いておると、菱湖が雪江の手本に目をやった。

「かな文字かと思うていたが。禮、か。これまた立て込んだ字を選んだものよ。簡体字で書けば、なんということもないが、どれ、雪江、細筆を借りるぞ」

「はい」

雪江はすぐにラシャ布を畳に敷き、その上に紙を載せ、文鎮を置いた。

誰より早く立ち上がったのは沙也だった。次に身を乗り出したのは、汐江だ。それにつられて、他の娘たちも次々と菱湖の周りに集まり始める。

菱湖にいささか怯えていた娘たちは、筆を執る姿に再び圧倒されているようだった。

菱湖は、紙を鋭い眼光で見つめる。

ぴりぴりとした気迫が伝わる。たった一字に込めるその気魂。

書家としての菱湖の姿勢が窺われる。

娘たちは一言も話さない。三人娘も固唾《かたず》を呑んで、その初筆を見守っている。

ふっと、菱湖が息を抜いた瞬間、紙の上に浮かび上がるように、いや、舞い降りるように、優しい水の流れにも似た禮の文字が現れる。

「きれい」

最初に声を発したのは、意外にも卯美だった。

六十半ばにしても耳ざとい菱湖は、

「どうだね、気に入ったかい。書もまんざらではなかろう」

と、卯美に声を掛ける。卯美は、直に話しかけられたせいか、緊張のあまり「はい」と、これまた意外なほど素直に返事をした。

細筆で書いた禮の草書は、気品があり優美だった。

表された禮の位置。

書は、紙の上下左右、いわゆる余白も含めて見る。それも美しくなければならない。

「おそらく雪江もすでに話したと思うが、手本はただ写すのではなく見るものだ。字だけではないぞ、紙を含めた全体を見る。この禮も紙の白いほうが多い。だが、そこの娘は、きれいだといってくれた」

卯美は、菱湖に笑顔を向けられ、俯いた。

「それは、余白と字の調和ということなのでしょうか」

沙也が訊ねた。

菱湖は、ふむ、と筆を雪江に渡すと、口を開いた。

「そういうことだ。が、勘違いをしてはいかん。書に余白などないぞ、お嬢さん。漢詩を書く、画を描くこともそうだ。名筆と呼ばれる物をたくさん眼にすることも肝心。紙の白い部分がどう使われているか。白く余っているのではない。白も用いるのだよ」

つまり、用白だ、といった。

「必要な物ということだ」

菱湖は、新たな紙を取り、横に敷く。

二首の和歌を、すらすらとかな文字で書く。

ひとつは、右の上部に、もう一首は、紙の中心を広く空けて、左の下部に。

「どうだな。こうしてもいい。白を巧みに用いることで、美しさが増す。妙な物言いをすれば、筆が立たずとも、用白の使い方が上手ければ、人を唸らせることもできる。それが、主らの師匠は上手かった」

な、雪江、と菱湖が顔を向けた。

「ほめられているのか、わかりかねますが」

「気にするな、気にするな。それにしても、やはり、雪江の磨った墨は柔らかでよい。筆が伸び伸びする」

菱湖は、墨池《ぼくち》に鼻先を寄せ、墨の香りも楽しんでいた。

その日は、菱湖が最後までいたせいか、皆が気を引き締めて文机に向かっていた。

退屈しのぎに来ているといっても、書の大家に指南を受けているのである。

菱湖から、手を添えられて筆を運んだ十二ほどの娘は、あまりの変わりように自分の禮の字に目を瞠っていた。

沙也も懸命に筆を執る。

菱湖は、沙也の字をじっと見つめていた。

四

指南を終えた後、岡島家の家士が、菱湖になにやら耳打ちした。菱湖は嬉しそうに頷くと、「酒とはべつにもうひとつ土産がある」と、雪江にいって、一旦座敷を出た。

再び戻ったとき、後ろに若い弟子を従えていた。年の頃は、雪江の門人とほぼ同じくらいの、まだ前髪を残した武家の少年だった。

両腕に細長い風呂敷包みを抱えている。

「こやつは、悠之介《ゆうのすけ》というまだ入ったばかりの子でな。どうした、こっちに来い」

菱湖が、手招きをする。

「はい」と、小さく応じた悠之介は、座敷の中の娘たちに圧倒されたのか、顔を赤くして、俯いた。くすくすと笑い声が洩れ、どこからともなく、かわいいと娘たちから声が上がり、ますます悠之介は顔を伏せる。

そんな中、あまり口出しをしない涼代が珍しく、

「おからかいになるのはおやめなさいな」

と、声を上げる。

「いやはや雪江、おまえの門人はいささか躾が緩いようだな。悠之介も悠之介だが。大勢の女子を

前に、縮みあがったか」

「いえ、そのようなことは」

まあよいよい、と菱湖が腕を伸ばした。

「ともかく、その包みを寄越しなさい」

悠之介が菱湖に包みを渡す。

「知り合いの材木屋で頼んだものだ。雪江、大筆を貸せ」

雪江は多少戸惑いつつも、筆を渡す。

悠之介はしゃがんで、風呂敷をそっと置くと、その結び目を解く。美しい白木が現れた。

端には、小さな穴が開けられている。

「先生、これは」

ん？　と大筆を執った菱湖が雪江を見やる。

「せっかく指南所を開いたのだ。看板を掲げてもよいだろう」

その言葉に雪江は、胸が熱くなると同時に困惑した。

「でも、わたくしの指南所は、あくまでも」

ふん、と菱湖は口許を歪めた。

「道楽か？　それとも暇つぶしか？　門人を前になにをいうつもりだ、この馬鹿者」

菱湖の厳しい声が飛んだ。雪江は、「申し訳ございませぬ」と、居住まいを正し頭を下げた。

「人に物を教えると決めたのなら、己もまた精進を続けねばならぬ。その覚悟なしに人を導くことなどできぬわい。わしが看板を書く。もう書の道から逃げることは敵わぬぞ。文句は垂れるな」

菱湖は、白木に初筆を置いた。木の上を筆が走る都度、雪江はなぜか愉悦を覚えた。

菱湖の弟子を思う心が込められているのだと思う。門人の娘たちも食い入るように見つめている。

白木に記されたのは、

「蕭雪堂《しょうせつどう》――」

雪江が呟いた。

「どうだ。いい名だろう。これから、蕭雪と名乗るのもよかろう」

菱湖は、己自身でも、その出来映えに満足しているように、雪江の眼に映った。雪江の心がうち震える。嫁いでから、無沙汰をし続けていた不肖の弟子に対しての心遣い。あらためて菱湖の寛大さを感じた。

「かたじけのうございます」

指をつき、雪江は頭を深々と下げた。

「わたくしごときが、先生の蕭遠堂の一字をもらい受けることすら、もったいのうございますのに
――」

雪江は感謝と嬉しさ、そしてもうこの道からのがれられぬのだということを思い知った。言葉を続けることができなかった。雪江の手の甲に涙が落ちる。雪江の思いが伝わったのか、娘たちの間からも、すすり泣きが聞こえてきた。

「自ら立つことはどのような道でも難しかろう。まして、女の身であれば、そこらのたいした腕も

ない男どもに、妬《ねた》まれることもあろうが、くじけるなよ」

菱湖は雪江の肩に手を当てた。巻菱湖の温かさが染み込んでくるようだった。

雪江は、頬を濡らしたまま、

「はい」

と、声を震わせながら答えた。

ふと、涼代が口を開いた。

「女子は子を産み、家に尽くし、夫や舅姑に従うことがなにより幸せなのだと、あたしは親から教えられました」

そういった。

菱湖は、ふうむと唸って、涼代へ優しい眼を向けた。

「武家の女子はお家のために尽くさねばならんか。それは男も同じよ。男も家を守るために働いておるのだからな」

「お答えになっていないと思います」

卯美が詰め寄った。

菱湖は、顎鬚を撫でた。

「男も女も変わらぬということだよ。しかし、女子とて、技芸を極めてはならんということはない。主らも、茶の湯や生け花、音曲の類の習いごとをしているであろう？」

「それは、女子の嗜《たしな》みでもありますから」

誰かがいう。

なるほど、そうか、と菱湖は頷いた。

「茶の湯も生け花も音曲も、ひととおりこなせればよい、というのも悪くはない。ただな、技芸全般、終わりというものはない。どうだな、琴ひとつとってもそうであろう？　一曲弾ければ、また次の曲をつま弾きとうはならぬか」

「もっと別の曲を、難しいものをと望むことがあります」

香が応えた。

「そうであろうな。己が満足してしまえば、それまでだが、その満足をもっと得とうなって、さらに貪欲になる。主らの師匠は、書の道に入った。書にも終わりはない」

禮の字ひとつかいても、そのときは満足がいっても、明日には、それが気にくわなくなることがある。同じ文字が、いくらでも別の形に変化もする。その日の心根によって、心情によって、筆の動きは変わり、文字も変わる。

「完璧を求めたところで、完璧なものなど、ないのだよ」

菱湖がいうや、卯美が、はあと息を吐いた。

「そんなに苦しくて辛いのは嫌だなぁ。そこそこ上手に書ければいいとあたしは思います」

がはは、と菱湖は笑った。

「正直でよろしい。しかし、主らの師匠はそこが違う」

好きこそもののってやつだな、と雪江に確かめるようにいった。雪江は少し気恥ずかしげに菱湖へ向けて首肯した。

「そういうものを、うっかり見つけてしまう者もいるのだよ。主らの中からも、雪江のような女子が出てくるやもしれんぞ。書は万物を表す宇宙、自ら執った筆の穂が、軸が、天と地を繋ぐ役目をする」

娘たちは、菱湖の言葉に狐につままれたような顔をした。

稽古を終えた門人たちは指南所を後にしたが、涼代は、どこか後ろ髪を引かれるように悠之介の姿を眼で追っていた。

卯美に無理やり袖を引かれて、廊下へと出て行く。

菱湖は、娘たちが皆引けた後、悠之介を先に帰し、座敷に残った。

雪江は、急ぎ台所へ行き、酒肴の用意を命じる。

「最初のうちは遠慮して、看板に揮毫したときには雪江と一緒に泣いていた娘たちが、馴れてきた途端、いいたい放題だ。今時の女子は物怖《ものお》じしないのだな。返答に困ることばかりをいう。まあ、おまえもそうだったが」

まず盃だけを載せた膳を持って戻った雪江に、菱湖がいう。

そうだったでしょうか、と、雪江はさりげなくかわし、菱湖の前に膳を置くと、門人たちの書を揃え、文机の上の片付けを始めた。

「市河米庵の門弟を母に持つのが、あの堀越沙也という娘であろう？」

「おわかりになられましたか」

「おお、米庵の書は嫌というほど見てきた。母親から直接手ほどきを受けていないとしても、字には癖がでるものだ。まさに目習い。母の筆を幼い頃から見てきた証拠だ」

雪江はその言葉に恥じた。沙也の筆は、他の門人より、頭ひとつ抜けていたが、まさか米庵の書に似ているとは微塵も思わなかった。

「ご炯眼《けいがん》、恐れ入ります」

わはは、と菱湖は自ら持ってきた角樽を引き寄せる。

「そういえば、雪城に門人をひとり預けたとな？」

雪江は、ええと頷く。

「門人、とまでは申せませぬが」

「その事情は奴から聞いたが、雪江。雪城と久しぶりに会うて、どう思った」

「どう、とおっしゃられますのは？」

うむ、と菱湖は、盃を呑み干した。

「奴が藤堂家の指南に赴いておるのは知っているか」

「大幟の揮毫の折に、聞いておりますが」

雪江が答えると、菱湖はわずかに口許を歪める。

雪江は、その礼に薬研堀の雪城の屋敷へと赴いたことも告げた。だが、雪城は留守で、妻女が応対に出て来たと話した。

「お重《しげ》さん、か。ちいっとばかし妙な女子だと思わなんだか？」

そういえば、妻女からは名乗らなかった。

雪江が口ごもっていると、

「雪城を慕っていたおまえとしては、なにゆえと思ったのではないか？」

菱湖から、からかいを含んだ言葉が投げられた。

「わたくしは、兄弟子として敬っていたのです」

雪江は、少々頬を膨らませながら、いった。

「まあ、そうしておこうかの」

でも、と雪江は思ったことを口にした。

「正直、雪城さまには不釣り合いなお方だと思いました。わたくしのことも、なにやら胡乱《うろん》な眼で見つめて」

「これはまた、はっきりいうたな」

「だいたい失礼です。私の手土産をその場で開き、中身を見るや、なんといったと思います？」

雪江は、思わず身を乗り出していた。またぞろ、お重の目つきと、あの無礼な態度がよみがえる。

「大方、貧乏旗本が無理したとかだろう」

「そこまでひどくはございませんでしたが」

似たような物言いでございます、と雪江は少々苛立ちながら菱湖の盃に酒を注いだ。

「さほどにかりかりしているのなら、おまえも呑め」

「いいえ、呑みません」

「かわいげのないやつだなぁ。離縁されて変わったか。そういう心情が、今日の手本にも出ていたぞ。無礼、礼儀知らず、ま、そんな思いか。やはり面白いな。おまえの怒りが、禮の字にこもっていた」

ずばりいい当てられ、雪江は身をすくめる。書には、そのときの心根が如実に現れる。その時々の喜怒哀楽が筆にも伝わってしまうのだ。

雪江は、きゅっと唇を噛み締め、

「やはりお流れを頂戴できますか」

といった。

「おお、よしよし、うわばみ雪江がまた見られそうじゃな」

「いいえ、一杯だけでございます。これだけは、お酒の力を借りとうございますゆえ」

菱湖は、肩を揺らして笑い、盃を雪江に差し出した。銚子から注がれた盃から酒がこぼれそうになって、あわてて雪江は口から迎えにいく。

「なんだ、この酒好きが」

雪江は、盃を両手で包むと、ひと息に呑み干した。

おお、見事見事と菱湖が喜ぶ。

雪江は菱湖を、きっと睨んだ。

「そのお重という方、おとしがわたくしに似ているとか、それゆえ、雪城さまが可愛がっていらっしゃるとか、おとしはわたくしの子ではないのかとか、それが離縁の理由かと、もう雑言の嵐でございました」

そうかそうか、それは辛かったな、と菱湖が再び酒を注ぐ。雪江は、むすっとしながらも二杯目の酒も流し込むように呑む。

「つまり、お重さんは、雪江と雪城の子ではないかと疑っているような口振りであったということか、わははは」

「わははは、ではありませぬ。わたくしを幾つだと思っていらっしゃるのです。おとしを産めるような歳ではありません」

雪江は菱湖を睨《ね》め付ける。おお、と菱湖が身を仰け反らせる。

「そう怖い顔をするな。眉間に皺が寄っておるぞ」

雪江は慌てて、眉間を伸ばすように撫でた。

「ま、おとしという子を預け、女房どのにも礼をつくしたのだ。それで、やめにしろ」

「それは、どういう意味でございましょう」

「雪城には向後会うなということだ」

菱湖はきゅうりの梅あえに箸を伸ばした。

「わたくしはなにも」

そういいかけて、雪江は言葉を濁した。雪城に再び会いたいと心のどこかで思っていたのではあるまいか。兄妹弟子としての縁をもう一度繋ぎたいと考えたのではないか。それを否定できない揺らぎを感じた。

「奴は、地位や名誉に取り憑《つ》かれておる。四天王の他の三人に煙たがられているようだ」

菱湖は、やれやれと、首を振る。

「奴が変わったのは、お重どのと祝言を挙げてからかの。雪江も気づいたと思うが、雪城が札差の娘を選んだのは金のためだ」

薬研堀の屋敷も皆、お重の親元から出ている金で改築したものだ、と菱湖は苦々しくいった。堂号は蕭間堂としている。

「後ろ盾が欲しかったのだろうよ。わしと同じ越後の出だ。それもあって大層可愛がったつもりだがな」

雪江は、すでに酒で顔を赤らめている菱湖に訊ねた。

「先生の歩まれた道も決して平坦ではなかったろうと、生意気ながらお察しいたします」

菱湖は、うんと、顎を上げ天井を見つめた。

「わしは、妾腹ゆえ、父の顔も知らずに育った。母は、その後、別の男と夫婦になった。しかし、母は自殺した。なぜ自ら命を絶ったのか、いまだにわからん。わしは十五だった」

親戚の婚礼に招かれなかったのを恨みに思っていたという噂が流れたという。

「夫婦にはなれぬ子を産んだ女などふしだらだと、身内の恥と思われていたのだろう。が、だとすれば、わしが世に生まれ落ちねば母も死なずにすんだか」

と、菱湖は己を嘲笑《あざわら》う。

「そのようなことはございませぬ」

雪江は力強くいった。

「わたくしには、そのご心痛ははかりかねますが、母御さまは、先生を産み落とされたことに後悔など微塵もなかったはず。ご自身で死を選ばれたのは、耐えがたい屈辱がございましたのでしょう。もちろん、先生にとってはお辛いことではありましょうが」

子を産み落とすとき、女子は自らの命をかける。腹に子を宿したときから、女子は母になる。果てなく続くかと思われる痛みに耐え、赤子を産み落としたときの喜びは、なにものにも比べ難い喜びと至福に満ちる。殿御が、跡継ぎを得る喜びとは違うのだ。雪江にはそのような経験はない。けれど、女子は命を繋ぐ性である。それだけはわかる。だからこそ、母の死を己のせいだという菱湖が哀しかった。

雪江は、袖口を目尻に当てた。

菱湖は、すまぬすまぬ、と手を伸ばし、昔よくしたように雪江の左手の甲を叩く。

書けぬ悔しさを菱湖にぶつけていたとき、必ずこうして慰め、励ましてくれた。

その仕草が懐かしく思われた。雪江は盃を菱湖へと返した。

「なんだ、もうやめか」

「これ以上、呑むと角樽ひとつでは足りなくなりますゆえ」

「なるほど」

菱湖が微笑む。

「いま当世の三筆と称せられる先生を、母御さまは浄土できっと誇りに思っていらっしゃることでしょう」

菱湖は四十代に、一度郷里の越後へ戻っている。菱湖の名は、すでに里でも知られており、もう妾腹の子とそしる者はひとりもいなかったという。

菱湖は、くつくつと笑う。

「つまらん郷愁にかられて戻った。錦を飾るという言葉があるが、わしは、違っていた。母を奪った郷里への、わしを侮っていた者たちへの報復だったかもしれんな。わしの書を皆が欲した。酒を呑んでは、書き、書いては、酒を呑んだ。皆が、こぞってわしを歓待した。いい気味だと思った」

だが、ある日、ふと空しくなってな、と菱湖は呟く。江戸で書家として名を上げたわしに群がり、持ち上げる。だが、心の底から、喜んでくれているとは思えなかった。母の無念もそこにとどまったままだ。もう誰も母を顧みる者などなかった。

「なにも消えてなどいない。ただ、覆いかぶせ、隠しているだけだと気づいた。わしが落ちぶれれば、またその覆いははずされ、やはり妾腹の子は、とそしられる――母は変わらぬままなのだ。十五であったわしは、母をどうやっても守ることができなんだ。書に終わりがないように、わしの中ではいまだに母は成仏しておらぬ」

書に終わりはない。後悔も癒せることはないのだといっているような気がした。雪江は、菱湖が筆を執るたびに、自責にかられているのかもしれない。いつになれば、この師は、自らを許す書を記すのであろう。

「ああ、つい辛気臭い話になったな。おまえの指南所の祝いであるのにな」

菱湖が魚の塩焼きに手を伸ばした。

家士が、別の膳を運んできた。雪江は、つと立ち上がり、庭に面した障子をさらに開ける。晩夏の風が心地よい。

「そうでした。雪城さまはおとしを藤堂家にまで連れ出しているそうです」

ほお、と菱湖が眼を丸くした。

「なるほど、おとしという娘も実の父とは死に別れ、生まれた弟の父を父とも呼べぬ。雪城は武家の次男坊。やっかい者同士、心通じるものがあるのかもしれんなぁ」

とはいえ、と菱湖は前置きすると、

「雪城とは接するな。書家として名を上げたい気もわからぬではない。しかし、幾度も書画会を開き、書を売るのもしかり、文人墨客との派手な交流もしかり、あやつも、わしと同じかもしれん。見えぬ相手の鼻を明かしてやりたいと思っているのだろう。雪城とて、いずれわしと同じ空しさを感じるだろうよ」

ぼそりと呟き、さて、と菱湖が腰を上げた。

「雪江へ持ってきた酒をわしばかりが呑んでは、意味がないのう。二杯しかつきおうてくれんかったしなぁ。いや、馳走になった」

けれど、と雪江は思った。菱湖はあまり酒を口にしていなかった。角樽から銚子に移したのも二度だ。二合も呑んでいない。大幟の揮毫のときには、泥酔するほど呑んでいたが、今夜は、料理にもあまり手をつけていなかった。

と、そこへ「巻先生！」と、新之丞が帰宅するなり、障子を開いた。

「あ、角樽だ。いいなぁ、これ、姉上のためにですか？　先生、まだよろしいでしょう。久しぶりに会ったのですから、ゆっくりしていってください」

ほらほら、姉上もお引き止めして、とひとり忙しない。

「先生は、わたくしの門人を見ていただき、これまでいらしてくださったのですよ」

それはないなぁ、帰らないでくださいよと、子どものような駄々をこねる。

菱湖は眼を皿のようにして新之丞を眺めた。

「おまえは、前髪立ちの頃から、ちっとも変わっておらんな。これで、よく奥右筆が務まるものよ。しかも、おまえの筆は下手くそだった。どう教えてもものにならんかった。指南所に来ても将棋ばかり指してそっちの腕は上がったようだが」

「はっきりいわんでください、先生」

新之丞も、菱湖の門人であったが、家督を継いだときに門下を離れた。

新之丞は、廊下へはい出すようにして出ると、大声で叫んだ。

「おい、私の膳を持て。菱湖先生と酒を呑む」

「新之丞、いい加減になさい」

雪江が膝立ちで叱り飛ばすと、菱湖が、まあよいよいと、なだめてきた。

「でもあれですね。将棋の駒は書家に頼むんですかね」

「そのために書く書家はおらぬだろうな」

「先生は手本が多いから、将棋の駒に用いられるかもしれませんよ」

「わしが生きてる間がいいの。死んでからでは銭にならん」

と菱湖は笑った。

あれっと、新之丞が雪江の顔を見た。

「少々、お顔が赤いですよ。さては、呑みましたね。あれほど、酒は絶ったといっていたのに」

「お酒を呑まねば、いえぬことありますゆえ」

新之丞が、へえっと、口の端を上げた。

「では、姉上も、お付き合いください。私が本日、どこへ行っていたか、ご存じでしょう」

新之丞が脚を組む。

「先生のお知恵も拝借いたしたいのです」

雪江と菱湖を、新之丞は交互に見つめた。

じつは、と新之丞が口を開いた。

五

新之丞の話に、雪江はただ啞然としていた。菱湖にも、その様子が見て取れたようだ。

「新之丞。つまり、雪江の元夫は、羽田奉行の配下になっているというのか？」

元夫の森高章一郎の本来のお役は目付である。旗本、御家人らの素行を調査し、糾弾する。武家が武家を監視する役目であり、煙たがられる存在でもあった。

「はい、羽田奉行支配組頭の取次とのことです。本日、水野さまに召し出しを受けたのは、そのお話を含めたものでございました」

雪江はたまらず訊ねた。

「私たちに明かしてもよいのですか？」

「やはり、まずかったですかね」

新之丞はばつ悪げに鬢を掻く。

「道々考えたのですが、これはいわざるを得ないと思っていたところ、巻先生もいらっしゃったので、これは話してしまえと」

「そのお役は、いつから、拝命されていたのですか」

「じつは、姉上。離縁される少し前から打診を受けていたようです。荏原郡羽田は、まあ、江戸からさほど遠くはありませんが、それでも遠国奉行となります。私は、姉上との離縁の訳はそこにあると」

雪江は呆れた。

「そんなことぐらいで、いちいち離縁されていては困ります。夫が離れて暮らすのならば、妻は家を守る。他藩では、殿様の参勤交代がございます。家臣とて、夫だけが江戸詰めになることはごく当たり前ではありませんか」

菱湖も、それもそうだと頷く。

しかし、支配組頭取次役など、そのようなことは章一郎から聞かされていなかった。

羽田奉行の下には、支配組頭、与力、同心、足軽、水主《かこ》頭取《とうどり》、足留《あしどめ》水主がいる。

「取次役はあくまでも臨時のお役。羽田と川越、忍藩の両藩との連携をはかるためだと、ご老中はおっしゃっておられました」

が、内実はそうじゃありません。むしろこちらのほうが肝心要《かなめ》、と新之丞は眉をひそめる。

「章一郎さんの剣の腕はたしかか、と訊かれたのです。どうやら、私が、剣術道場の兄弟子と知られたらしく」

剣の腕、と雪江はどこか、肌寒さを覚えた。それを懸命に堪えながら、雪江は新之丞から眼をそらさず訊ねた。

「新之丞、異国船はすべて打ち払うのではなく、薪水給与令となったのでしたね」

「よくご存じで。まずは、来航の目的や事情を訊ねて、怪しいと思った船は打ち払うということです」

やっときたかと、新之丞は運ばれてきた膳を自らの手で受け取り、早速箸をつける。

「ご老中さまとご会食でもしてきたのではありませんか？　もう夕刻近くまで留め置かれたのですから」

新之丞は、魚の塩焼きを、口にほおばりながらいった。

「冗談はよしてくださいよ、姉上。ご老中を前にして、腹一杯食べるほど私は肝の据わった人間じゃありません」

「そんなことを威張ってどうする。しかし、新之丞のような楽天家でもご老中は怖いお人かえ」

菱湖が、楽しそうに身を折った。

新之丞が端整な顔を歪ませる。

雪江も噂でしか聞いたことはないが、ご老中は、長崎の警備を担う唐津藩では、昇進に遅れが生じると知り、二十五万石を捨て、浜松十五万石への国替えを願い出たという。

幕閣入りへの執着は並々ならぬものがあったお方だ。

「大御所家斉さまがご逝去された際には、家斉さま側近を次々罷免されたのは有名な話ですが、ともかく自信に満ち満ちている。育ちのよさも溢れんばかり」

だから、下々の暮らしや様子はお知りになっていないのだろうと、雪江には思える。

「その野心はなんのためなのか。ご老中自身のためか、それとも世のためか、知りたいものだのう」

菱湖が、呟く。

「だいたい、支配組頭の取次役などという妙な役を作ることも解せぬが、こたび、わざわざ自邸にお主を呼び出し、剣の腕を訊ねてきたというのなら」

ふむと、沈思した菱湖が、新之丞へ鋭い眼を向ける。

「平たくいえば、雪江の元旦那に危ないことをさせようという魂胆ではないのか？」

「おそらく、私もそうだと思います」

新之丞は、至極あっさりと応え、雪江を見る。雪江の中に不安が広がる。

「取次役とは名ばかりで、本来の目付の職務を果たすことですか？」

だが、目付は旗本御家人の監視。忍藩や川越藩など、藩の監視は大目付の役目だ。

「しかし、そう思ってくださるのが理解しやすい。万が一、異国船とのいざこざがあった場合、章一郎さんが報告役になります。ただ、たまさかというか運が悪いというか、先日、ある事件が起きましてね」

新之丞は酒をあおいで、息を吐いた。

「もしや、この一件にかかわることなのですか？」

雪江は、襟元から瓦版を取り出した。新之丞が戻ったら見せようと思っていたのだ。雪江は、瓦版を新之丞の前に広げて見せた。手に取った新之丞は、一読すると、顔を上げた。

「これを、どこで？」

「門人の笹本香さんから借り受けたのです」

どれと菱湖も新之丞の手許を覗き込む。

「瓦版に、書かれている以上に、隠されていることがあると思われますが、新之丞、どうですか？」

やはり、忍藩の森高彦吾郎という者と、章一郎は縁戚関係にあるのだろうか。嫌な胸騒ぎがする。

「給水を要求してきた仏蘭西《フランス》国の言葉が理解できず、勝手に上陸しようとしてきたと勘違いした忍藩が、先走ったらしいのですが、それで済ませられることではありません」

少なくともふたり、仏蘭西国の者の命が失われたのですからと、新之丞は苦い顔をする。

それにしても、この話がどこから洩れたものかと、新之丞が腕を組んだ。

「この瓦版にもありますが、やっかいなことに、助かったひとりは、どこかに漂着したのではないかと」

まさか、その者を捜し出し――。

雪江は、血の気が引いていくのを感じた。

「章一郎さまに討たせる、と」

新之丞は、横に首を振った。それだけではないといいたげだ。

「姉上。この失態はすべて覆い隠さねばならないとのご老中からの仰せなのです。まして、忍藩は、御三家に継ぐ親藩。あってはならぬことをしでかした」

「では、森高彦吾郎と、その仏蘭西国の者、ふたりをですか？」

「ふたりがいなくなれば、表面上は取り繕うことができるわけです。小舟は転覆により、そして発砲したと思われる森高彦吾郎の口も封ぜる、と」

なんてことだ。雪江は膝の上に揃えた手をぐっと握りしめる。

「そんなことが、許されるとお思いですか？」

「許されるかどうかより、波風を立たせないことがいまは肝要。水を与え、仏蘭西国船には、沿岸を即刻離れてもらうと、ご老中はお考えです」

「馬鹿な」

雪江はたまらず声を張っていた。

命を落とした異国人のことも、森高彦吾郎のことも、ご公儀は、文字通り切り捨て、隠蔽しようとしている。

臨時のお役まで作り、元夫の章一郎に担わせようとしている。もしも為損《しそん》じることがあれば、だれが責を負うというのだ。

章一郎か。

新之丞は顔を歪めて、さらに酒を口へ運んだ。

「先生」

雪江は、菱湖へすがるような眼を向けた。

菱湖は静かに呟いた。

「義も礼もない。腐っとるな」

晩夏の落陽が庭を照らす。

そのまぶしい光の中に、章一郎の後ろ姿が一瞬、見えた気がした。

雪江の心が乱れる。

「新之丞、ひとつ確かめたいことがございます。忍藩の森高彦吾郎と、章一郎さまの森高家は姻戚関係にあるということはございませんか？」

新之丞は、どうやらそのようです、と一言だけいった。

ああ、と雪江は血の気が引くような気がした。だとすれば、章一郎は、姻戚の者を討たねばならないということなのだ。

「それで、ややこしいのですが、その彦吾郎が、森高家に身を寄せていることも考えられなくはありません」

「その者の歳はいくつなのですか」

「十六、と聞いています」

元服を済ませたばかりであろう若者だ。その若さゆえに、異人の小舟にあわてふためき発砲してしまったのだろうか。

雪江は、章一郎と彦吾郎、そしてどこぞに身を潜めている顔も知らぬ異人を思った。

「章一郎さまは、そのことを存じているのですか?」

新之丞は、まだ、知らされてはいないかと、と言葉を濁らせた。

「ですが、その彦吾郎という者が、森高家に逃げ込んだとしたら、それはそれで、また厄介になります」

つまり、駆け込み……か。

菱湖が口許を曲げた。

雪江は身を乗り出した。

「そうですよね、忍藩の森高彦吾郎が、もしも章一郎さまのお屋敷へ助けを求めに駆け込んでいたら」

「はい。じつに面倒です。忍藩としては、彦吾郎の引き渡しを要求するやもしれません。ですが、通例ならば、頼って来た者がたとえ罪を犯していたとしても、まずかくまうのが、武家の作法。しかし、こたびの場合、章一郎さんは、ご公儀、といってもご老中ですが、彦吾郎を討てと命じられています」

新之丞が嘆息する。

「では、あなたがご老中に呼び出されたのは？」

新之丞は、ほとほと困ったという顔で、頭を抱えた。

「探って来いとのことです。じつは、章一郎さんが、あの一件以来、病を得たと羽田奉行所に出仕していないのを、ご老中は怪しんでおられる。彦吾郎が駆け込みをしていたら、すぐさま斬り捨てるように、章一郎さんに告げねばなりません。もし、そうでなければ、捜し出して斬り捨てよ、と」

「なるほど、事を荒立てたくはないという老中の思いはわからぬではないが」

菱湖が顎鬚を撫でた。新之丞は、膳を脇へ追いやると、

「しかし、なぜ私が、かようなことを章一郎さんに告げられましょうか。道場の兄弟子で、姉上の元夫です」

救いを求めるように、新之丞は菱湖の顔を見る。

「お主が章一郎という者を訪ねるのは不自然ではないからな。そこに老中は、眼をつけたのだろうよ」

新之丞を睨め付けた菱湖は、静かにいった。

「ともかく、なにもせんでは先には進まぬ。すぐさま、その章一郎の屋敷へ行き、一件にかかわった者の駆け込みがあったかを確かめてくることだ」

これからですか、と新之丞は不承知ながらのろのろ立ち上がる。足下の揺れは、酒の酔いか、悲嘆にくれた思いか。

「早う、行かんかっ」

菱湖の大声に、新之丞は背を突き飛ばされたかのように座敷を出て行った。

六

新之丞が供連れで、慌ただしく屋敷を出ると、不意に菱湖が、雪江へ大きな眼を向けた。

「雪江、紙と筆だ」

「なにを、お書きになるのですか？」

「なんでもよい」

菱湖が急かすようにいった。墨はもう使い果たしている。

「すぐに墨を磨りますゆえ。お待ちください」

雪江は文机の前に座るとすぐに水滴を取った。

「先生、どうなさったのですか？」

うむ、と菱湖が深く頷く。

菱湖は、力のこもった筆致で、「四海愚兄弟」と、記した。

「これは論語、ですけれど。正しくは――」

『四海兄弟』だ。

菱湖が笑う。

「四海兄弟は、世界中が仲良くせよという言葉だ。君子たる者は、何事も慎重にし、失敗をせず、また人を敬う気持ちを持ち、礼をつくせば、皆兄弟になれる、とな」

だが、老中の考えは、愚兄弟よ、といい放った。

「確かに、異国を恐れているのはわからなくはない。しかし、異国船側にも否やがあるやもしれんではないか。我が国の言葉を知らぬ者が、小舟でやって来た可能性もある」

雪江は菱湖の強い眼差しを見て取る。

「雪江、わしの弟子であるというて、水野邸に参るがいい。駕籠の支度を」

えっと、雪江は眼を見開いた。

「離縁されたとはいえ、元夫がこのような理不尽なことに巻き込まれる筋合いはない」

「わたくしもそう思っております。章一郎さまに人を斬らせとうありません」

それに、と雪江は唇を噛んだ。

「ご老中のご命令は、人道にはずれております。ですが」

と、躊躇する雪江に菱湖はいった。

「わしの弟子が一万人いるのを忘れたか？　水野家の重臣とも顔見知りだ。心配無用」

菱湖は、さらに、二枚の紙に文字を記した。

菱湖は、その二枚を雪江には見せなかった。

計三枚を丁寧に折り畳むと、さらに紙で包み、「鉄砲洲　大任」と書き記す。

「これでよし。それを、水野家の門番に手渡し、返答を待つ。すぐとはいかんだろうが、いずれはくる」

「承知いたしました」

あらためて、雪江は師へ頭《こうべ》を垂れた。

菱湖を玄関先まで送ると、

「あら、巻先生、ご無沙汰いたしております」

母の吉瀬が屋敷に戻って来た。

「これは、母御どの、こちらこそ無沙汰をいたしました。ご息災でなにより」

「かたじけのうございます。これから、おふたりで、どこかへ出掛けるのですか？」

まさかに水野邸とはいえない。

「ええ、先生がご友人をご紹介してくださるとかで」

「まあ、それは。よろしくお頼み申します」

吉瀬は、菱湖に深々と頭を下げた。

母の様子から見て、伯母は元気なようだと、雪江は思った。

「いやいや、我が弟子がこうして指南所を開くまでになったことは、嬉しいことですのでな。なるべく力添えができればと。少々、娘御をお借りいたしますが」

「どうぞ、ご遠慮なく」

吉瀬に対し、どこか騙したような罪悪感はあるが、すべて嘘ではない。

雪江が菱湖の後をついて行くと、

「新之丞は戻っていますか？」

吉瀬の声が飛んできた。雪江は慌てて振り返ると、笑みを浮かべた。

「一旦、戻りましたが、所用があるといって、つい先ほど、出掛けました」

そう、と吉瀬はがっかり顔で、

「今日も、はばかりは大賑わいかしらね」

冗談ともつかぬような言葉を吐いた。


「ではな、雪江。首尾よくいくとよいがな」

「かたじけのうございます」

菱湖が背を向けた。その背が段々小さくなる。雪江は不意に追いかけたい衝動に駆られた。なぜだろう。師が遠くにいってしまう気がした。その不安が胸を締め付ける。

「雪江さま、参りますよ」

茂作の声に、雪江は我に返り、駕籠に乗り込んだ。

駕籠は揺れながら、一路水野邸に進んだ。

夕闇が下りて来る中、駕籠から下りた雪江は、西丸下にある水野家の門を見上げた。

老中首座の屋敷にしては簡素な造りではあった。

茂作の提灯が足下を照らす。門番の元へ行き、菱湖から預かった書を差し出す。

「何者か」

門番に誰何《すいか》された雪江は、背筋を伸ばす。

「わたくし、鉄砲洲の巻菱湖先生の門人、岡島雪江と申します。菱湖先生よりお預かりした書でございます。必ずや、お眼を通していただきたくまかり越しました」

巻菱湖、と門番が呟く。

「そのまま、お待ちくだされ」

門番は、雪江から差し出された書を恭しく手に取ると、慌てて邸内へと走り出して行った。

巻菱湖の名は、老中屋敷にも知られているのだといまさらながら感心もし、誇らしく思えた。

四半刻（約三十分）もした頃、門番が再び戻って来た。

「たしかに、お渡しいたしました。ご返事は後日、必ずいたしますと」

「それは、まことでございますね」

雪江は念を押すよう、前にのめるようにして訊ねた。

門番は雪江の剣幕に気後れしたのか、顔を引き攣らせ、威儀を正した。

「か、必ずや、お返事を差し上げるとおっしゃっておられましたゆえ」

「承知いたしました。茂作、戻ります」

雪江は、踵を返す。

「お嬢さま、これでよろしいんで？」

茂作が心配げに訊ねてくる。

「菱湖先生も、すぐではないとおっしゃっておりました。あとは成り行きを見守ります」

それにしても、心配なのは新之丞のほうだった。

駕籠に乗り込む前、ふと雪江は空を見上げた。星が、ひとつふたつと瞬いていた。


その夜、遅くに新之丞が帰宅した。

雪江は、漢籍から眼を上げ、すぐさま廊下へと飛び出る。新之丞がぐったりしながら、大刀を家士に預けた。

「それで、章一郎さまのお屋敷には」

「行きました。が、上がらせてはもらえませんでした」

たった半日でこれほど憔悴《しょうすい》するかと思うほど、やつれている。

「それではやはり、森高彦吾郎を隠しているということでしょうか」

「そのような者はいない、章一郎さまは病で休んでいると、家士よりつっぱねられました」

「いない？　では章一郎さまが病だというのもまことのことなのですか？」

「そのようです。ちょうど、医者が往診に来ておりました」

往診――。雪江は、疲れきった顔の新之丞の両肩を摑んで揺すった。

「章一郎さまの病は重いのですか？」

「少々風邪をこじらせたというておりましたが」

「では、ふたりは、どこかに隠れ潜んでいるということでしょうか」

新之丞は首を振った。

「いまのところ駆け込みはないと考えてもいいかと思います。だいたい忍藩の者が、この広い江戸の町で章一郎さんの屋敷を探し出すのも大変でしょう」

あなたならどこに行きますか、どこに隠れますか？　と、雪江はさらに問う。

「そうまくしたてられても、困ります。私は駕籠を飛ばして、羽田奉行所まで行って参りました」

それで、疲れているのかと、ようやく雪江は得心した。

「羽田奉行所は知らぬ存ぜぬの一点張りでしたが、たまさか出会った漁師が、舟を出していたとき、岩場に倒れていた異人らしき水夫を若い侍が助け上げていたのを見たといっておりました」

「待って、新之丞。まさか発砲した本人が怪我人を救ったというのですか？」

「まったく別人と考えるほうが。発砲した者がわざわざ周りを捜すのは不自然です。姉上、申し訳ないが、ともかくいまは座らせてください。疲れ果ててしまいました」

雪江は掴んだ両手を離した。

新之丞は座敷に入るやいなや、崩れるように座り込んだ。ほうと息を吐く。

「もし手傷を負った異国人を連れていれば、嫌でも目立ちます。では彦吾郎という者はどこに潜んでいるのでしょうか」

新之丞は、弱々しく首を振った。鬢もぐずぐずだ。

「腹が減りました。なにか食わせてください。この一件は、これからのようです。忍藩もなにか隠しているようで」

新之丞は、ひっくり返ると、大の字になっていびきをかき始めた。


四日経っても、彦吾郎と異国人のふたりは見つからなかった。

また指南の日がやって来た。

小雨の中、やって来た門人たちは、梅雨冷えのような寒さに、震えている者もあった。

三人娘の中では比較的おとなしい涼代が眼を赤く腫《は》らし、何かに耐えるように文机の前に座している。

「ねえ、涼代さん、あなた自分の顔を鏡で見たことがある？　その小太りの身体にしたって、悠之介さまとは、ちっともお似合いじゃないわよ」

卯美が、つまらなそうにいう。

「卯美さん、あたしのこと、そんなふうに見ていたの？　ひどい」

涼代が文机に突っ伏して泣き崩れた。

「なにが、あったのですか」

その、と汐江が、雪江の傍らに寄り、小声でいった。

「涼代さんが、先日、巻先生がお連れになった悠之介さまに」

一目惚れしたというのだ。

そんなことかと、雪江は多少安堵しながら、涼代の前に座って、懐紙を差し出した。

いやいや、そんなことではない。娘心には一大事だ。小さな胸をときめかせ、想い人の姿を思い浮かべるだけで涙する。

涼代は、ぺこりと会釈をして懐紙を取り、涙と洟《はな》を拭った。

卯美がその様子を、頬杖をついて見ている。

「だいたい図々しいのよ。あの方は、もう婿養子先が決まっているのだから」

涼代がしゃくり上げ始める。

「そんなこと、知らないわよ。なぜ卯美さん、教えてくださらなかったの」

「聞いてなかっただけじゃない？　夢中になっていらしたから。あたしが父上から、聞いてあげたのよ。ありがたく思って」

さらに、涼代が泣き声を上げる。

雪江が、どうしたものかと思案していると、

「あの、雪江さま、ご指南中に恐れ入ります。鉄砲洲からお使いが」

茂作が廊下から声を掛けてきた。

鉄砲洲。

雪江は色めき立った。

「皆さま、このまま続けて」

娘たちがざわつくのも気に留めず、雪江は座敷を出た。

玄関に立っていたのは、悠之介だった。

「これを、師匠より預かって参りました」

書状を差し出された雪江の心の臓がどくんと鳴った。

「水野越前守忠邦――」

雪江は、震える指先をもどかしく思いながら、書状を開いた。

礼をつくせば、返礼もあろうが、下手な切り札を出せば、事はさらに厄介を生むと、読み解いた。

ありがたく思うと、あった。

あのとき、菱湖が書いた文字は「礼」と「札」であったのだ。似ているが、意味がまったく違う。

あの書がご老中の眼に留まったのだ。

「あの、姉弟子さま」

悠之介が小声でいった。

「本日、羽田より南に三里ほど離れた漁師小屋で、異国人の亡骸が見つかったそうです」

「そうですか」

「擦過傷の手当がされており、二日ほどは生存していた様子。仏蘭西国船に、送り届けたとのことです」

仏蘭西国側からは、小舟の転覆は仕方がないが、ひとりを助け、手当をしてくれたことに礼を表すると、羽田奉行に謝辞が送られたという。羽田奉行からも返礼した。

「水野家からの使者によれば、発砲した者は、ほうっておいてもよいとの仰せでした」

鉄砲傷でなく、擦過傷であったゆえ亡骸を返したのだ。では手当をしたのは、岩場で助け上げた侍なのだろうか。それは一体誰であったのだろう。

だとしても二名の異国人は殺《あや》められたのだ。それが発覚すれば外交問題にもなる。人の命を奪っておきながら、あまりに呆気ない幕引きだ。それとも、運がよかったとすべきか。いずれにしろ、すべてを覆い隠したことには変わりがない。

偽りに彩られた礼など、つくしたことにはならない。

ただ、章一郎が人を殺《あや》めずに済んだことだけは安堵すべきだろう。しかし、遁走した森高彦吾郎の行方は知れないままだ。忍藩の失態をご老中がこのまま見過ごされるのか、わからない。雪江には得心できない気持ち悪さが残っていた。すべてが終わったわけではない、そう思いつつ、悠之介の顔を見つめた。

信をなす

一

師匠の巻菱湖《まきりょうこ》から蕭雪堂の堂号を与えられた雪江は、誇らしさと重責を担ったような複雑な思いがしていた。

書家として、菱湖に認められた嬉しさは身が震えるほどだった。けれど、同時に、師の手を離れたという寂しさも込み上げてくる。

とんとん、と金槌《かなづち》を打つ音が、青い空に昇っていく。

中間の茂作が、脇玄関の柱に釘を打ち付けている様子を、雪江は母の吉瀬、そして弟の新之丞とで眺めていた。

暦の上では初秋だが、陽射しはまだまだ夏のものだ。早朝にもかかわらず、汗がにじんでくる。

「茂作、いや、やはり姉上がご自身の手で掲げられたほうがいいですね」

新之丞が、菱湖の筆によって蕭雪堂と記された看板を手にすると、雪江に差し出した。

「さ、姉上、どうぞ」

雪江は、それを受け取った瞬間、木の重たさだけではない重みをあらためて感じた。

筆法指南所の師範として、身の引き締まる思いがする。

昨日の夕餉《ゆうげ》の際、早く看板を掲げてはどうかと、吉瀬と新之丞が強く勧めてきた。

「菱湖先生が、あなたのために筆を揮《ふる》ってくださったというのに。遠慮したら先生のお顔を潰すことになりますよ。いつまでも床の間の飾り物にしているつもりならば納戸に入れてしまいましょうか」

ね、新之丞、と吉瀬が、汁椀を口に運ぶ新之丞に領きかける。新之丞は、みょうがと蒲鉾《かまぼこ》の吸い物を、ずずっとすすり上げると、空とぼけた口調でいった。

「ですねぇ、母上。看板は掲げなければ、ただの板切れですから、風呂の焚付《たきつ》けぐらいにしかなりません」

「新之丞、なんてことをいうの」

雪江は、思わず尻を浮かせた。

「では、明朝、茂作にやらせましょう」

新之丞は、汁椀を膳に置き、しれっといい放った。

なにやら、ふたりにうまく乗せられた気がしないでもなかった。が、雪江自身まだ自信のなさを感じ、どこか躊躇していたことも否めない。その背を、母と弟が押してくれたのだと、感謝すべきかもしれない。

茂作の打ち付けた釘に、雪江は看板を掛け、つい溜め息を吐いた。

「おお、やはりよいではないですか、姉上。らしくなりましたねぇ。それどころか、一段、二段と格が上がったようだ。やはり菱湖先生の筆はいい。見ているだけで、背筋がしゃんとするような気がします。溜め息なぞ吐いている暇はありませんよ。これから、ますます弟子が増えるやもしれませんからね」

新之丞は腕組みをして、掲げた看板に近づいたり、離れたりしながら満足そうだった。

雪江は首を振る。

「いまいる十五名で十分です」

「あら、わかりませんよ。菱湖先生が認めてくださったことが、さらに広がれば。ねえ、新之丞、お城で朋輩《ほうばい》の方々に――」

「母上」

雪江は声を張った。吉瀬が眼を丸くして雪江を見る。

「だって、雪江。指南所を始めたいといい出したのは、あなたでしょ。出戻りの暇つぶしならば、いますぐお辞めなさいな。生半可な気持ちで教えられたら、いま通っているお弟子さんにも失礼ではありませんか」

菱湖先生にも謝ってきなさい、と吉瀬はやんわりとした口調ながらも、厳しい言葉を並べた。

出戻りの暇つぶしだの、生半可な気持ちだの、師匠に謝れだの、ぐさりぐさりと胸を突かれる。だいたい元夫の森高章一郎からは、離縁の理由もきちんと聞かされていないのだ。好きで出戻ったわけではないのに、と雪江は不満げな顔をした。

母は、いみじくも菱湖と同じく暇つぶしといった。そのつもりはもちろんなく、生半可な気持ちでもない。

ただ、人にものを教えるということが、いかに難しいことか、指南を始めてからまだ十回ほどといえどもすでに感じている。

多くの弟子を抱えた菱湖が、どのように教え、導いてきたか——。

ただ、雪江は書家を育てたいと思っているわけではない。筆を執り、文字を書くのは日常のことだ。だからこそ、一文字一文字、丁寧に綴っていく中で、技能だけでないものも得て欲しいと思っている。

男子ならば、お役で筆を執ることは多々ある。新之丞のような奥右筆や右筆以外にも、公的な文書を作成することは、お役に就いていれば当然のことだ。

とくに、公文書は御家流といわれる書法を用いることが決められていた。行草書と仮名を交えたもので、濃い墨ではっきりと記される。新之丞は、菱湖の門人ではあったが、奥右筆として出仕するにあたり、御家流を学んでいる。幕府から庶民へ出された高札《こうさつ》も、御家流で綴られていた。

だが女子の場合は、書簡や日記など、ごく私的な書となり、仮名文字がほとんどだ。

口から発せられる言葉だけでは、足りないことがある。それを文字という形で表すことができたら、その者の心はさらに豊かになるだろうと、雪江は思っている。

道具を並べ、墨を磨り、筆を執る。紙に向かい、筆を揮う。その一連の動作はどれもおろそかにはできない。

美麗な文字を書く必要はない。基本を学び、後はその者の性質や、その時々の思いを穂に託せばよい。

「さて、こうして看板も掲げたことですし、わたくしは出掛けて参ります」

「母上、本日もでございますか」

このところ、母の外出が多くなった。今日は足を延ばして、亀戸天神まで行くのだという。隠居した父の采女は武蔵国都筑の知行地でのんびりと、畑を耕して過ごしている。時々、青菜などを届けてくるが、吉瀬は少しばかりそれが不服のようだ。

いつだったか、

「家内のことは、わたくしに任せきり。せめて新之丞が嫁をもらうまでは、居て欲しかったのに」

そう、ぼやいていた。

「では、雪江。後をよろしくね。天神前の船橋屋のくず餅をお土産に買ってくるわ」

袂《たもと》を振り振り、吉瀬は軽い足取りで、屋敷へと入って行く。

「姉上、私も久方ぶりに道場へ行って参ります」

新之丞も母の後に続く。

どうも留守番として、重宝がられているような気がした。ちらと茂作へ眼を向けると、

「あ、私は庭の手入れをいたします」

白髪頭を下げた。

皆が慌ただしく去った後、雪江は、胸いっぱいに朝の澄んだ空気を吸い込み、ひと息に吐き出した。今一度、掲げた看板をじっと見つめ、菱湖に語りかけるように、これからです、と呟いた。

自室に戻ると、文机を前に雪江は「信」の一字をまず書いた。今日の稽古のための手本だ。信は、「人」と「言」を組み合わせたものだ。そして「言」は、針を表す「辛」と「口」からで

きている。つまり、口から出まかせをいえば、針によって厳しい仕置きを受けるということを意味しているらしい。

いまでも、盗人の敲《たた》き刑や追放刑を受けた罪人の腕などに、前科の印として、入れ墨が施される。入れ墨は針を用いる。きっとそうしたことが古《いにしえ》から行われていたということなのだろう。

人が、嘘偽りのない、まことの言葉を発すること、それが「信」の字であり、信ずることにつながっている。

信義、信実、信頼、信念。紙が墨を含み、艶やかな黒色が光を放つ。

筆が、天に導かれると思ってやりなさい——。

兄弟子雪城《せつじょう》の言葉がいまも雪江の中に残っている。

筆の軸は天を指し、穂は地と結ぶ。

鎮めた心が、次第に熱くなる。

菱湖は、楷書を学べと弟子たちに説いた。

行書、草書に逸るのではなく、基本の楷書を習うことが肝要であるといった。

楷書の基礎なくしては、流麗な行書、草書も、形を成さない。

「雪江さま。本日は梔子でよろしいですか」

茂作が庭から声を掛けてきた。雪江は墨を含んだままの筆を、筆置きにそっと置き、腰を上げて、障子を開け放した。

柔らかな風が通り、気持ちの高ぶりがすうっと引いていく。

梔子の花の匂いが漂ってきた。

「良い香りですね」

茂作から、梔子の清楚な白い花を受け取り、鼻先へ近づけた。

五ツ（午前八時頃）の鐘を聞いてから、そろそろ半刻近くが経つ。陽はますます強い光を放ち始める。

庭の手入れをしている茂作が、しきりに汗を拭っていた。

雪江は、指南所として使用している座敷へ向かい、梔子を活けた。

二

脇玄関に掲げられた看板を眼にした門人の娘たちが、わっと歓声を上げているのが、屋敷内の雪江の耳にも届いた。座敷に入ってからも、ひとしきりその話で賑わっていた。

「お師匠、おめでとうございます」

堀越沙也がかしこまり、丁寧に頭をさげる。

「なにやら、気恥ずかしい思いがいたします」

「いいえ。母も巻菱湖先生の書かれた看板をぜひ拝見したいといっておりました」

「いつでもどうぞ、とお伝えください」

かたじけのうございます、と再び沙也は頭を垂れると、雪江の許を離れ、自分の文机の上に道具を並べ始めた。

雪江の前には、宮田汐江、小塚卯美、松永涼代と、三人娘が並ぶ。しかし、いつもと少々様子が違う。いつもは、ぴたりと身を寄せ合うように文机を並べているが、卯美と涼代の間が一尺ほど離れている。

その訳は、涼代の恋のせいだ。

涼代は、指南所に菱湖の供をしてきた門人の悠之介を一目見て、心惹かれた。

だが卯美は、すでに悠之介は養子先が決まっていることに加え、涼代の身体つきや容姿までけなし、悠之介には似合わないとまでいった。

以来、ふたりの間は、どこかぎこちない。そのせいで、いまは文机を離して置いているのだ。その距離が、ふたりの気持ちの齟齬《そご》を表しているようにも見えた。

涼代は、おっとりした、おとなしい性質で、気の強い卯美に逆らうような真似はしない。むしろ、ずけずけとはっきり物をいう卯美に憧れを抱いているようにも感じられた。

今日の稽古は「信」の一字である。

いまのふたりにとっては、胸が痛む真字かもしれない。

「今日は、暑いわね、卯美さん」

汐江が、水滴を持ち、硯に水を注ぎながら話しかけると、卯美は不機嫌な顔をした。

「ねえ、卯美さん」

「うるさいわね。どうでもいいわ」

卯美はにべもない。いつもよりなおいっそう物言いがきついように思われた。

さも面倒というふうに、頬杖をついて墨を磨り始めたのを見て、

「卯美さん、姿勢を正して」

雪江はやんわりと注意した。

すると、卯美は口の中で何事かをぶつぶついっていたが、大きく息を吐いて、背筋を伸ばした。

そんな卯美には眼もくれず、涼代は懸命に墨を磨り続けている。

雪江が、「信」の成り立ちを話し終えたときだった。

「蕭雪先生、遅れまして申し訳ございません」

廊下から声がした。声の主は歳のいった女性《にょしょう》のものだ。おそらく供の者であろうとは思ったが、
門人たちは十五名、揃っている。

新たな者が来るとは聞いていない。

この筆法指南所を誰かから聞いてきたのだろうが、蕭雪先生といったのが気にかかった。

蕭雪の号を師匠の菱湖は名乗れといったが、この名を他所《よそ》で口にしたことはない。

もしかしたら、師匠の紹介かもしれない。

「どうぞ、お入りください」

「お稽古中、失礼いたします」

今度は、若い声がした。

障子が開くと、十五ほどの娘が、きちりと背筋を伸ばして座っていた。

海老茶《えびちゃ》の地に、小菊模様の小袖は、少し地味に思えたが、色白の肌にはよく似合っていた。丸顔で、瞳が大きく、太めの眉が快活そうな性質を表している。

「お初にお目にかかります。わたくし、長谷川千穂《はせがわちほ》と申します。本日より、蕭雪先生のご門弟の末席に加えていただきたく参上つかまつりました」

果たして、はきはきとした口調で淀みなく挨拶をした。

千穂と名乗った娘の隣に控える供の女中は、吊り眼で顎の尖った神経質そうな女性で、五十はとうに過ぎていそうだった。おそらく千穂を赤子の頃から世話している奥向きの女中と思われた。

この女中に教えられたか、両親にいわれたか、妙に丁寧すぎる言葉が、おかしみを誘い、愛らしさを覚えた。

「長谷川千穂さん、ね」

雪江が微笑みかけると、

「左様でございます」

千穂は、にっこりと笑った。

そうね、と雪江は座敷を見回す。

「香さんの隣、少し空けていただける？」

はいと、香が文机を移動させようとすると、

「お師匠、千穂さまは、本日が初稽古ですから後ろにいらっしゃる香さまより、あたしの隣がいいと思いますけれど」

卯美が涼代を、ちらと見た。

涼代が、顔を真っ赤にして、俯いた。

「卯美さん。あたしが空けるから、ね」

汐江が、文机に手を掛けると、卯美はそれを押しとどめた。

「汐江さんが空けることはないわよ。だって、ほら、こちら側は空いていますもの」

卯美が、涼代の文机との隙間を指差した。

涼代が唇を嚙み締める。

「千穂さま、さあ、こちらにどうぞ。いまお空けしますから」

「かたじけのうございます。では、お願いいたします」

女中が首を回して目配せすると、文机を抱えて中間が入って来た。

「涼代さん、いいかしら」

雪江が顔を伏せたままの涼代に声を掛けると、こくりと頷き、自ら文机を動かした。

卯美は、顎を上げて涼代を冷たく窺っていたが、半間ほど離れると、すぐさま千穂を手招きした。

「よろしくね」と、卯美は名を名乗った。

汐江が雪江を見つめ、焦れたようになにかいいたげにしている。

ここで、卯美を叱り飛ばすのは容易《たやす》い。そうすれば、またひと言ふた言小憎らしい言葉を吐いて、雪江に従うだろう。

だが、それでは涼代の気持ちは収まらない。それどころか、ますます屈託を残すだけになる。

卯美が気づくことができなければ、なにも変わらないのだ。

卯美は、自分が姉弟子だといわんばかりに千穂の世話を焼き始めていた。

千穂の文机は、漆塗りの飾りひとつないもので、卯美はそれにも十分満足しているようだった。

「あら、丸い硯なのね」

と、硯縁に蔓草模様が施されている楕円形の硯を卯美が手に取った。

雪江は、眼を疑った。

緑がかった滑らかな光沢のある石材。

まさか、端渓硯《たんけいけん》——。

古の清国でもてはやされ、いまなお高直で取り引きされている硯だ。

「こちらに伺うことを勧めてくれた叔父から、頂戴した硯です。丸い形が可愛らしいので、気に入っております」

千穂は、卯美へそう応えた。

叔父から贈られたもの。十五ほどの娘にこのような硯を与えるとは、一体どういう叔父なのだろう。大身旗本か、それとも藩の重臣か。

むろん、道具がよいに越したことはない。

書画で用いる道具は数多《あまた》あるが、筆墨硯紙の四品はとくに重要とされ、文房四宝といわれている。

筆は馬の毛だ。剛毛筆ではあるが、学び始めには、羊毛のような柔らかい筆よりも扱いやすいとされる。

墨は年月を経たものが良質といわれる。

千穂の筆と墨は、ともに真新しい。とくに高価なものではない。

ただ、硯だけは違う。

姓名以外、なにもいわなかったが、千穂の父親も叔父も高禄の者なのかもしれない。

「お師匠、どうかなさいましたか」

難しい顔をしていたのか、沙也が心配げに声を掛けてきた。

「ああ、ごめんなさい。さあ、お稽古の続きを始めましょう。千穂さんは、墨を磨ってくださいね」

千穂は、墨を手にした。背筋を伸ばし、墨を立て、ゆっくりと磨り始める。

なかなか、良い手つきをしている。

「本日は、信の字を書きます」

雪江は、手本用にしたためた「信義」「信念」など、各々気に入ったものを取らせた。

皆、これは難しそう、書きづらそうなどと口々にいいながらも、ようやく落ち着いた。

「なんだか、つまらない意味のものばかり。あたし、余ったお手本でいいわ」

卯美は、汐江にいった。

汐江が手渡したのは「信頼」だった。涼代が手にしているのは「信用」だ。

このふたりには、なんとも皮肉な言葉が渡ってしまったようだ。

千穂を挟み、卯美と涼代の眼が一瞬交わったが、すぐ互いに視線をそらした。

卯美が、わざとらしく溜め息を吐く。

「お師匠、こんな当たり前の言葉ではなくて、誤信とか背信とか、そういうのも書いてくれたらいいのに」

そうねえ、と雪江は応えつつ、卯美を静かに見つめる。

「卯美さん、よくそうした言葉を知っているのね。それでも構わないわよ」

卯美は、ふんとばかりに横を向く。

やはり、今日の卯美はひどく刺々しい。小憎らしい物言いは毎度のことだが、表情もどことなく暗い。涼代と仲違いをしているだけではないものがあるような気がした。

汐江も、なにか感じ取っているのか、卯美を時々窺いつつも、黙ったままでいる。

千穂は墨を磨りながら、きょとんとした顔をして、不思議そうに卯美を見て、小首を傾げた。

「あの、卯美さま。先ほどの態度は蕭雪先生へ失礼だと思います。なにか、お心とそぐわないことでもあるのでしょうか？」

卯美が、眼を丸くして千穂を見る。

汐江と涼代までが驚き顔を千穂に向けた。他の門人たちも、ざわついている。

卯美は、咳払いをして、

「なにもありません」

と、応えた。

「それならばよろしいですけれど」

千穂がふうわりと笑みを浮かべた。

卯美は、なにやら毒気を抜かれたように、のろのろと筆を執る。

まさか、新参者の千穂から、いきなりそんな言葉をかけられるとは思いも寄らなかったに違いない。

くすくす笑いが洩れていた。

図らずも卯美が千穂にやり込められたのが、他の門人には小気味良かったのかもしれない。

卯美が、唇をきつく嚙み締める。

「皆さん、筆を執ったら、紙と対話してください」

雪江は声を張った。

墨を磨り終えた千穂が顔を上げた。

「蕭雪先生。ひとつ、お訊ねしたいことがございます」

「なにかしら」

「なにゆえ、漢字を学ぶのでしょう。女子は仮名文字をもっぱらとしております。漢字は殿方が使うものではないのですか」

雪江は、千穂へ笑いかけた。

「仮名文字はもちろん学んでおりますよ。けれど、漢字は男子、仮名は女子と分ける必要などないと、わたくしは考えております。線の強弱、墨の潤渇などは、漢字であろうが、仮名であろうが筆を使うことにおいては同じでしょう」

千穂が大きな眼をさらに見開いた。瞳が輝いている。

「とても嬉しゅうございます。わたくしは、漢詩に憧れております」

漢詩とはまた、若い娘にしては珍しい。

「これまでの師匠は皆、女子が漢字を書くなど、と顔をしかめておりました。蕭雪先生の指南所を勧めてくれた叔父にも感謝しなければ」

千穂がぺこりと頭を下げた。

三

稽古が終わると、座敷が一気に慌ただしくなる。隣室にいた供の女たちと中間が道具や文机の片付けを始めるからだ。

すぐに次の稽古へ向かう門人もいるので、いっそう忙しない。琴や裁縫、家によっては学問など、武家の娘はいくつも稽古事に勤《いそ》しんでいる。

卯美は汐江と連れ立ち、涼代には眼もくれなかった。

雪江は座敷を出ようとしていた涼代を呼び止めた。振り返ったが、雪江の顔を見ようとはせず、視線は庭へ向けられていた。

「今日はかたじけのうございました。辛い思いをさせました」

涼代は、首を横に振った。

「いいんです。卯美さんはあたしのことなど、腰ぎんちゃくのようにしか思っていないことがわかりましたし。もう、わがままに振り回されるのも真っ平です」

「でも、三人は幼馴染みなのでしょう?」

雪江が問うと、涼代が顔を伏せた。

「お師匠は、あたしに、どれだけ卯美さんがひどいことをいったか覚えていらっしゃらないのですか?」

涼代が悔しげに声を震わせる。

「いいえ、覚えていますす。でも、今日の卯美さん、いつもよりも苛立っていたように思えたけれど、なにか聞いている?」

「あたしはなにも。汐江さんなら知っているかもしれません」

涼代は、もう触れないで欲しいとばかりに、そわそわと身体を揺する。

「そう、引き止めてごめんなさいね」

涼代は口許を引き締めて雪江に一礼すると、背を向けた。

「ねえ、涼代さん。心底悔しかったら、卯美さんにひと言いってておあげなさい。そのほうが、すっきりするかも」

涼代は一瞬、身を強張らせたが、なにも応えず、足早に去って行った。

雪江は、がらんとした座敷に残り、皆が書いた「信」の字に眼を通していた。少しずつではあるが、上達が見え、嬉しく思う。

まだ座敷の中は、門人の娘たちの若い肌が放つ、青草と日向《ひなた》のような香りに満ちていた。

雪江はふと立ち上がり、障子を開け、風を入れる。皆の若さに嫉妬しているのかしらと、ひとり笑う。

風が、紙を舞い上げた。雪江は慌てて拾い集める。中に、信の字の上に大きくばつが書かれているものを見て、雪江は大きく溜め息を吐いた。

卯美だ——。

「信頼」は、一度書いたものを消すように、乱暴に墨を塗りたくっていた。

ただの反発ではないものを感じる。

卯美の心にどのような闇が広がっているのか、それとも、訴えたいなにかがあるのか気にかかる。

「蕭雪先生。よろしいでしょうか」

千穂の供の女中だ。

雪江は卯美の書を文机の下に伏せて置いた。

女中は、雪江の前にかしこまり、丁寧に頭を垂れた後、袱紗《ふくさ》を取り出した。

「お伺いも立てず、不躾な真似をいたしました。あらためまして、こちらへの入門をお許しいただきたく、些少《さしょう》ではございますが」

「恐れ入ります。ですが、謝儀は月々に頂戴しておりますが、束脩で金子《きんす》は受け取っておりません。お気持ちでしたら、美味しいお菓子がありがたいと思っております。門人とともにいただけますし」

女中は、戸惑い気味に、

「これは失礼いたしました。では次のお稽古までにご用意させていただきます。これから、姫さまをよろしくお願いいたします」

そういって袱紗を引くと、再び平伏した。

「ところで、千穂さまのお父上は」

「そのようなことは、こちらではかかわりないと主より伺ってまいりましたが」

「ええ、そのとおりですが」

念のため、門人のことは知っておきたいと、雪江は告げた。

「直参の寄合肝煎《よりあいきもいり》でございます」

寄合、と雪江は呟いた。

寄合は、無役の三千石以上の旗本が属する。三千石未満は、小普請と呼ばれ、区別されている。寄合肝煎とは、寄合席の旗本の世話掛りのようなものだ。

千穂は、やはり高禄の姫さまということだ。その叔父も同じくらいの家禄か、それ以上の者なのだろう。

「この指南所はどなたから」

「姫さまの叔父上でございます。なにか、お気に障ることがございましたでしょうか」

雪江は、首を振る。

「いいえ。わたくしを蕭雪とお呼びになったものですから気になりまして。この号を知っているのは、まだ名付けてくれた師匠だけなので、もしや師匠が、と」

雪江の問いに、きっと千穂の叔父と雪江の師匠である菱湖が知り合いだったのだろうと、女中はいい、座敷を後にした。

たしかに、それは十分にあり得る。

菱湖が、門人を世話してくれたとすれば、近いうちに礼をせねば、と雪江が再び卯美の書を手にしたとき、梔子の花びらが一枚、落ちた。


卯美のことが気になりながらも、良い思案が浮かばず、二日が経った。直接、卯美へ訊ねたところで、きっとなにも話さないだろう。ならば、やはり、汐江に聞くべきか、と逡巡を繰り返している。

今日も母の吉瀬はいそいそと出掛けた。本郷の真光寺という寺院へ実姉とともに参拝をしに行ったのだ。

真光寺には、病気平癒の薬師如来が祀《まつ》られている。月に三日ある縁日は、大いに賑わう。

過日、実姉が転んで腰を打ちつけ、寝たり起きたりの日々が続いていたが、ようやく外出ができるようになったのだ。

それでも、まだ腰痛が残っているとのことで、本郷薬師と親しまれている尊像を拝みに行くというわけだ。

近頃、新之丞は、非番の日にはどうした風の吹きまわしか熱心に道場へ通っている。

小袖や袴に香を薫《た》き染め、髷の形が気に食わないと大騒ぎするような男子である。自分の体臭ならいざ知らず、他人の、とくに男の汗の臭いなど震えるほど嫌悪している。

だが、その潔癖が幸いして、剣術はなかなかの腕を持っている。新之丞いわく、相手が汗臭くなる前に勝敗を決しようと懸命になっているかららしい。

屋敷の留守番はいつものことだ。しかし、ひとりであれば、ゆっくりと筆を執ることができる。

雪江は、菱湖の楷書千字文を開き、臨書を始めた。端正で美しい漢字が並ぶ。潤筆料のほとんどを酒に代え、酒を呑んで筆を揮うほうが、雑念もなく素直な字になるといってはばからない。それを真似たわけではないが、雪江も酒の気を借りて、筆を執ったことが幾度もある。挙句、うわばみ雪江などと、師匠や兄弟子たちに渾名《あだな》までつけられた。

酒を断ったのは、森高家に嫁入りして三月《みつき》ほど経ってからだ。夫の章一郎の友人が市河米庵のほうが筆に味わいがある、菱湖はただの大酒呑みで、書に面白味がないといったのだ。

雪江は、その場で酒を呑み、襖に大筆を揮った後、その友人の顔に墨を塗りたくった。

当然、友人は憤慨して帰ったが、章一郎は、もともと皮肉屋で気に食わない奴だった、おかげで胸がすっきりしたと大笑いした。

だが、その話は章一郎の周囲に広まり、妻女は奇人だと噂された。夫に恥をかかせたことには変わりないと、雪江は以降一滴も酒は飲んでいない。だから、菱湖が指南所の祝いに訪れたときに呑んだのは、本当に久しぶりだった。あれぐらいなら、酔いもしないし、ときにはいいかしらなどと、思ったりもした。

「雪江さま」

茂作の声がした。雪江は筆を止める。

「ただいま雪江さまにお客さまが」

「わたくしに？　どなたでしょう」

それが、と茂作が口ごもる。

「――忍藩の三島《みしま》惣太夫《そうだゆう》さま、とおっしゃるお方で」

忍藩。雪江の胸がざわつく。

忍藩と川越藩の両藩は、羽田奉行とともに、江戸湾沿岸の警備をしている。

近頃、ますます増え続けている異国船を憂慮しているためだ。

先日の事件のことだろうか。仏蘭西国の船から出てきた三人の水夫を乗せた小舟に向かって、房総沿岸警備にあたっていた忍藩の者が発砲した。ふたりは銃弾で死亡し、ひとりは手当されていたが遺骸となって漁師小屋で見つかった。仏蘭西国は、残念な事故だとして怪我を負ったひとりの水夫の手当をしてくれたことに礼を表し、羽田奉行所では要求されていた水を仏蘭西国へ与え、すべて事なきを得、船は去って行った。

水野老中は、発砲した者も構いなしとしたが、真実はねじ曲げられたまま終結を見た。

けれど、まだ忍藩は発砲した者を捜していたのだ。未だにどこに身を隠しているのか、わからずじまいということなのだろう。だとしても、なにゆえ我が家にと、雪江は訝しむ。

発砲した者は森高彦吾郎という十六歳の若者だった。元夫、森高章一郎の姻戚だ。

まだ、事件が発覚したばかりの頃は、発砲者を斬り捨てることになっていた。しかも、その斬り捨て役は章一郎だったのだ。しかし、章一郎の屋敷に、彦吾郎が駆け込みをしたのではないかという噂があった。新之丞が確かめに行ったところ、彦吾郎はいないという返答を得た。そのうえ、章一郎は病で臥《ふ》せっており、新之丞に会うこともしなかった。

だが――彦吾郎が走り込みをしていないという証はなにもない。

この広い江戸で、彦吾郎が頼る先があるとしても、すでに忍藩の者たちによって、捜索されているとも考えられた。

駆け込みをされた屋敷は、仕えている主家からの引き渡しを要求されても、拒むのが武家の倣《なら》いである。もし、章一郎の許に身を寄せていたとしたら……。一旦は、幕府から出された斬り捨ての命を章一郎は無視したことになる。

「雪江さま」

再び茂作の声がした。はっとして雪江は、茂作に障子を開けるよう命じる。

そろそろと障子を開いた茂作は廊下にかしこまって、困惑げな顔をしていた。

「お待たせしているのですか?」

雪江は、筆を置いて、訊ねた。

「いえ、言伝《ことづて》をお残しに」

「まあ、それを早くいってください」

「申し訳ございません」

茂作は、岡島の屋敷からほど近い寺院の名をいった。

「そちらの門前の茶店でお待ちしているとのことでございました」

雪江はわずかに鼻白む。いささか強引ではあるまいか。旗本の娘を、そもそも顔も素性もはっきりせぬ者が外に呼び出すなど、無作法にもほどがある。

あの、と茂作が小声で付け加えた。

「不躾は承知の上、承諾をいただけぬときはそれでも結構だと」

「それで、ご用の向きは一切おっしゃらなかったのですか？」

「はあ、それが、よくわからないことを。彦吾郎の一件についてとだけ」

雪江は、やはりと呟いた。

「雪江さま。彦吾郎というのは、どなたのことでございますか」

茂作が眼許をしょぼつかせながらいった。

「いえ、茂作は知らぬお方です」

雪江は目蓋を閉じ、しばらく沈思したが、

「あの寺まででしたら、四半刻（約三十分）もかからぬでしょう。歩いて参ります。供を頼みます」

と、茂作に告げた。

「かしこまりました。ですが、雪江さま。そろそろ、殿さまが道場からお戻りになる頃でございますゆえ、もう少しお待ちになってからのほうが」

茂作がおずおずといった。

殿さま？　ああ、新之丞のことだ。父はすでに隠居の身だった。いまは新之丞が当主であるのをすっかり忘れていた。

「それもそうですが、その三島惣太夫という方がお帰りになられても困ります。いますぐ参りましょう」

雪江は立ち上がった。

四

指定された寺院は、麹町八丁目にある。

陽は西に傾き始めていたが、まだ明るい陽射しを放っていた。蟬《せみ》の鳴き声があたりに響いている。参道を歩く参詣客もまばらで、幾つかの茶店があったが、休んでいるのは数人だった。

茂作に訊ねる間もなく、それとわかる人物が腰掛けに座り、茶を喫していた。

武家は、その者ひとりだったからだ。痩せてはいるが、肩幅が広く、背丈もありそうだ。それに遠目にわかるくらい、面長の顔をしていた。

まだ、さほどの歳ではなさそうだ。

元夫の章一郎と同じくらいだろうか。

茂作へ振り返ると、

「あの方でございます」

と、首を縦にした。

「あなたは、別の茶店にいてください」

「よろしいので？」

ええ、と雪江は頷いた。

「ただ、わたくしから眼を離さぬようにしてくださいね」

「それは、承知しております」

茂作は、雪江へ一礼すると、三島がいる茶店から少し離れた向かい側の茶店へと歩いて行く。

「おいでなさいませ」

茂作が腰をかけるやいなや、若い娘の高い声が飛んだ。

あそこならば、こちらの様子も見て取れる。

なにかあれば、すぐに茂作が駆けつけてくる。

雪江は、三島へ声をかけた。

「もし、三島惣太夫さまでいらっしゃいますか？」

三島が、口に運ぶ途中だった湯飲みを慌てて置き、笠の縁《へり》を押し上げ、視線を上に向けた。かなり顎が長い。顔が面長なのはこのせいだ。

「これは、岡島雪江さまで」

「は、はい」

立ち上がった三島を雪江は見上げる。

背丈があると思ったが、六尺はある大男だった。そのうえ痩せて肩が張っている。まるで衣桁《いこう》のようだと雪江は、心の中で、そっと笑った。笠の中の眼は小さくて丸い。

どんな輩《やから》かと懸念していたが、見た目だけなら、悪人のようには思えなかった。

三島はどこか狼狽《ろうばい》ぎみに、腰掛けの上の盆をずらした。横に座れということだろう。

「いえ、結構でございます」

「そ、そうですな。隣に座るのは、ちと」

盆を抱えた娘が困った顔で、こちらを見ている。雪江に茶を出すかどうか悩んでいるようだ。

「娘さん、こちらにお願いします」

雪江は、三島の背後にある腰掛けを指差した。

「はい、ただいま」

娘はすぐさま茶釜から、茶を注ぐ。

「お呼び立てをしてまことに申し訳ございませぬ」

いえ、と雪江は三島の横を通り抜け、腰を下ろす。三島も再び座った。

背中合わせに、話をするというのも妙な気分だった。

後ろに座る雪江に首を回して、三島惣太夫と名乗り、忍藩の勘定方に勤めているといった。

雪江は運ばれてきた茶を口にした。湯飲みの縁に紅が付く。襟元から懐紙を抜き、縁に付いた紅を拭った。

「彦吾郎の一件について、と当家の中間に伝えたようですが、失礼ながら、ずいぶん持って回ったいい方をなさいますね」

「いや、それは」

と、三島が口ごもる。

「ただ、当家と、彦吾郎という方とどのようなかかわりがあるとお思いなのでしょう。なにか証があって訪ねていらっしゃったのでしょうか？」

三島の背が、雪江の言葉にいちいち反応しているのを感じる。体軀は立派でも、いくぶん気弱な者にも思えた。

「証と申しますか、岡島雪江さまは、かつて旗本の森高家に嫁いでいらしたというのはまことでしょうか」

「そうだとしたら、なにか？」

三島が黙る。次の言葉を懸命に探しているのか、茶を幾度もすすりあげる音がした。

「私は、森高彦吾郎の従兄《いとこ》です」

森高から、三島に嫁いできたのが母だという。

「従兄――」

「そうです。ですが、岡島さま。こうして、ここにおいでくださったということが、証ともいえます。従弟の彦吾郎が、森高家と姻戚だとご存じだったからでしょう」

雪江が応じずにいると、三島はさらに続けた。

「例の噂もご存じだからではありますまいか？」

「例の噂とは」

雪江が訊き返すと、今度は三島が黙る。わずかな沈黙が流れた。

そこへ、喉がからからだと、行商人の若い男が汗を拭きながら茶店に入ってくると、三島の隣に腰掛けた。

背負った荷を、どさりと地面に下ろす。

と、三島が口を開いた。

「すまぬ、大事な話をしておるのだが、移ってくれぬかな」

「お武家さま、余計なことですが、話をしている人なんざいらっしゃらないじゃねえですか。いるのは背中を向けたご新造だけですぜ」

若い行商人は不服そうな口を利くと、軽い笑い声を立てた。

「大事な話なのだ」

三島がそう繰り返すと、がたりと音を立てて、行商人が立ち上がった。

「娘さん、やっぱり茶はいいや」と、商売物を担ぎ、そそくさと茶店を出て行く。

行商人が、ふと振り返った。三島を見る顔に怯《おび》えの色が見えた。

三島がきつい物言いをしたわけではない。

ただ一言だ。ならばなにゆえ、行商人は逃げるように茶店を後にしたのか。

雪江は不審を感じつつ、その行商人を見送った。

「岡島さま」

三島が声をひそめた。

「単刀直入にお伺いする。我が従弟《いとこ》の彦吾郎は、お旗本の森高さまのお屋敷に駆け込みをしているのではありませぬか」

いきなり冷水を浴びせられたような気がした。

いくら幕府、というより老中の水野越前守忠邦から、発砲した者は構いなしと沙汰が下されたとはいえ、忍藩としては、やはりこのまま捨て置くわけにはいかないのだろう。

「お耳にしておりませぬか？　岡島新之丞さまが、森高家の門を潜って行くのを当家の家士が見ております」

「それならば、新之丞に訊ねてはいかがですか？　わたくしが聞かされたのは、走り込みはないということだけです」

雪江は背筋を伸ばして、いい放った。やはり忍藩は、すでに章一郎の屋敷を疑っていたということだろう。しかし、新之丞にしても、家捜しまでしたわけではない。家士に、章一郎が臥せっていること、駆け込みなどないことを告げられたにすぎない。壮健な章一郎が患っているのも意外であったが、家士が新之丞を玄関先で追い払うような対応をしたのも気にかかる。

森高では、そのような者はいないはずだ。それとも、離縁した先の身内だから、ぞんざいな扱いをしたのだろうか。

だとすれば、ずいぶん邪険な扱いをされたものだと、雪江は苦笑する。

「医者が数日続けて訪れているようですが。噂ではご当主の森高さまが臥せっておられると聞きました。病は重いのでしょうか」

不意に三島が訊ねてきた。雪江は眉根を寄せる。心配げな口調ではあるが、三島はずっと森高家を見張っているということだ。

「それも知りませぬ。ご存じでしょう。わたくしは森高から出された者です。いちいち噂を拾い集めるほど未練たらしい真似はいたしませぬ」

雪江が三島の言葉をはねつけるようにいうと、

「存じております。岡島さまは、離縁なさった後も、ご立派でいらっしゃる。脇玄関に掲げられた蕭雪堂の看板は見事な筆でございますな。筆法指南所と、伺いました」

三島がいった。

「元夫の屋敷どころか、当家のことまでお気になさっているのですか。いささか無作法ではありませぬか」

そんなつもりでは、と三島の声がうろたえる。

「ともかく、わたくしはなにも存じませぬ」

「ならば」

三島の声が一段高くなる。

「なぜここへいらしたのか」

雪江を詰るような口振りだった。

雪江は、盆の上に銭を置き、腰を上げた。

「むしろ、彦吾郎という者について知りたかったのはわたくしのほうです。森高章一郎は、確かに、元夫ではありますが、弟新之丞にとっては、剣術道場の兄弟子。駆け込みの一件を心配するのは当然でありましょう」

まさにそのとおりです、と三島の溜め息まじりの声がした。明らかに気落ちしたふうだ。

強い口調になったが、構わないと雪江は思った。

三島の目的が一体なんであるのかが知れない。それが不快だった。従兄だというが、それさえまことかどうかわからない。

先ほどから遠回しな物言いばかりだ。

やはり新之丞を待つべきだったか、と雪江は悔やむ。

頭上で蟬が鳴いた。茶店に巡らせてある葭簀に止まっているようだった。うっそうと葉を茂らす木々の間から降り注ぐ蟬しぐれは心地よいが、すぐ近くで鳴かれると、なかなかやかましい。蟬は、生の大半を土中で過ごすという。だからこそ、外界へ出ると、懸命に、自らの生を叫び続けるのかもしれない。

彦吾郎にしても、蟬のように土中にいつまでも潜んでいるわけにはいかないだろう。

捜し出されるか、自ら姿を現すか、どちらかを選ぶほかはない。

背後の三島が、動いた。

「岡島さま。私は、彦吾郎を救いたいのです」

苦渋に満ちた低い声が雪江の背に直接響いてきた。

それでも、雪江は振り向かずに応えた。

「救いたいということは、貴藩ではその彦吾郎どのを何らかの罪に問うということですね」

「そうです」

森高彦吾郎は、仏蘭西国船より小舟が出てきたのをみとめて、慌てふためき、発砲したという。

「運も悪かったのです。ちょうど、見張りの交代で、彦吾郎がひとりになったときだったと聞いております。若さゆえ、逸《はや》ったことも否めませんが、その後、奴は出奔してしまった。それが殿の不興を買っております」

幕府からは、もはや済んだこと、お構いなしとの温情を得たが、松平を冠する忍藩としては、むろんほうっておくわけにはいかない。かつては親藩として、老中を輩出してきた由緒ある藩という自負もある。

「我が殿は、彦吾郎を何としても捜し出すよう、家臣一同に厳命を下しております。捕らえられれば、ただでは済みませぬ。おそらくは死罪となりましょう」

三島が悔しげに声を震わせる。

死罪、と雪江の身が粟立った。

「彦吾郎が不始末を犯したことには変わりませぬ。殿はもとより、幕閣の手をわずらわせただけでも、我が藩にとっては恥となります」

それに、と三島はこもるような声でいった。

「此度の一件で、ご老中の水野さまに貸しを作ったことにもなります。向後、どのような無理を押し付けられても、逆らえませぬ」

それでなくとも、沿岸警備を任ぜられたことにより藩庫が圧迫されているという。

「しかし、彦吾郎は、まだ元服して一年も経っておらぬ、若者です」

雪江は、息を吐いた。

「三島さま、そのお気持ちはわかりますが、救う手立てがあるというのですか？」

「どんな手を尽くしても、彦吾郎を助けたい。見殺しにはできませぬ。幸い旗本の森高家と姻戚関係にあるということを知っているのは我が三島のみ」

だからこそ、皆に気づかれないうちになんとかしたいと、三島はいい募った。

「そのためにも、岡島さま」

雪江が振り返ると、腰掛けからいきなり立ち上がった三島が地面に膝をついた。

「なにをなさいます」

眼を瞠る雪江に、三島は懸命な面持ちでいった。

「どうか、お力を貸していただきたい。私を森高さまのお屋敷へお連れくだされ。彦吾郎が身を寄せているかだけでも確かめたい」

悲痛な声だった。若い命をむざむざ散らしたくはないと、深々と頭を下げた。

茶店の娘は、突然の光景に眼を丸くしている。

「どうか、どうか。忍藩士の私が直に訪ねたところで、門前払いとなりましょう。そこで岡島さまにおすがりするしか道はなく」

雪江は、目蓋を強く閉じた。

五

三島と別れ、雪江は屋敷へと戻った。道すがら、三島の悲痛な声が、脳裏に幾度も浮かんできた。若い命をむざむざ散らしたくはない、そういった三島の言葉は信じるにたるものだろうか。

彦吾郎が森高の家に駆け込みをしていなければ、それで事は済む。三島も得心するだろう。しかし、もしもまことに彦吾郎がいたとしたら——雪江の心が乱れる。

すでに新之丞は下城していた。濡れ縁で髪結いの銀次が新之丞の髷を結い直している。

「雪江さま。お邪魔しておりやす」

銀次が櫛を入れながら、会釈した。

「姉上、茂作とどこへお出掛けになっていたのですか？　母上の外出は、いつものことゆえ気に留めてはおりませんが、姉上までいない。私を迎えに出たのは、家士でもなく、銀さんですよ」

新之丞が拗ねたようにいう。

「童ではないのですから。そう口を尖らせなくてもいいでしょう」

雪江は呆れながら、新之丞の横に座る。新之丞の纏《まと》う鮮やかな紫紺の小袖から、爽やかな香りが立ち上る。

「岡島家の当主なのですから、そろそろ、もう少し威厳をお持ちになってもよいと思うのですけれど」

軽い皮肉を投げつけると、新之丞は端整な顔を歪めた。

「私は威厳などというものからは程遠い存在ですよ。城に上がれば、旗本からの願い事や苦情を聞かされ、幕閣のお偉方からは、いちいち細かい事を取り扱うなといわれ。屋敷に戻っても誰も迎えに出て来ない。なにやら情けなくて涙が出ます」

ぼやく新之丞に、銀次が笑いをこらえつつ櫛で鬢を整える。

「そんな大げさな。登城前に集まる娘さん方に聞かせてあげたいくらいです」

「いやいや、それはご勘弁いただきたい」

新之丞は慌てていった。

「そうだ、娘たちといえば、そろそろいつもの団扇屋へ行くよう茂作に申しつけてください」

そういえば、母の吉瀬が、暑い時期には娘たちに団扇を配るのだといっていた。

「ただ、数十枚もあるので面倒なんですよね」

「面倒？」

雪江が問いかけると、代わりに銀次が口を開いた。

「団扇の一枚一枚に、ご自分のお名を入れるのだそうですよ」

まあ、と雪江はあんぐり口を開ける。

「姉上が書いてくれませんかねぇ」

なんて弟だ、と雪江は呆れ返るのを通り越して、ふつふつ怒りが湧いてきた。

「だいたい、あなたも母上も、わたくしをなんだと思っているのです。雑用役も留守居役も引き受けたつもりはありません」

ふと新之丞の表情が硬くなったように見えたが、すぐに笑い声を上げた。

「留守居役とはうまい物言いですね。では、そのお留守居役さまが、何用でお出掛けになられたのです？　少々お顔の色が違っているように見受けられますが」

雪江は、えっと素知らぬ振りをしてやり過ごそうとしたが、新之丞が横目でこちらを窺っている。

銀次が突然頭を下げる。

「実は、こちらに伺う前に、お得意の先のご隠居の家に寄って来たんですが、雪江さまが茶店にいるのを見ちまって」

元結を結びながら、銀次が申し訳なさそうに、いった。

「新さんの姉上さまが、寺の門前の茶屋にいるはずがねえと思って通り過ぎたんですが、ちょいと話しちまいました」

見間違いでしたら、すいやせんと、銀次は手を休めることなく、いった。

まさか銀次に見られていたとは思いも寄らなかった。

それにしても、このふたり、すっかり、銀さん、新さんと呼び合っている。

「で、姉上、茶店にはいらしたんですか」

なにやら新之丞は楽しげだ。雪江は、銀次をちらと見た。

「おれが居たんじゃ都合が悪いってぇお話でしたら、遠慮いたしますよ」

雪江は、新之丞を見る。

「どうでしょうね、姉上。銀次がいてもいいですか」

「銀次さんは、仏蘭西国船との一件をご存じですか？」

「へえ、瓦版で読みました。森高某ってお武家が、異人に鉄砲ぶっ放したって大事件だ」

「じつはさ、その森高って武家は、姉上が離縁された家と姻戚なんだよ」

げっ、と銀次が仰け反った瞬間、

「痛たた」

新之丞が悲鳴をあげた。

櫛の歯で、鬢を引っ張ってしまったようだ。

「ああ、申し訳ねえ。けど、そりゃ、穏やかじゃねえですね。離縁された家なら、もうかかわりはねえといえばねえけど」

銀次が困惑しながら、雪江を見る。

「そうでしょうが、元夫は、新之丞が通う道場の兄弟子でもありますので」

「ですけど、姻戚だってだけで、お上から咎めがあるわけじゃねえでしょ」

「それが、そうでもないんだなぁ。結構、ややこしいことになっているんだよ」

新之丞が息を吐きつつ、雪江を横目で見る。

「あの一件に、かかわることでお出掛けでしたか？」

ずばりといわれ、雪江は仕方なく頷いた。忍藩の勘定方であるという三島惣太夫に会っていたのだと告げた。

口許に笑みを浮かべていた新之丞の顔が途端に強張った。

「それで、姉上は、三島と名乗った者になんと返答なさったのですか」

「わたくしの一存では決められぬ、と」

新之丞が腕組みをして唸った。

「新さん、いまのは、おれが聞いていい話だったんですかい？」

銀次も困り果てた顔をしている。

「いや、構わんさ。今日、銀さんに髷を整えてもらったのは、これからまさにその忍藩の留守居役と会うことになっているからなんだ」

「それは、まことですか？」

雪江は身を乗り出した。先ほど、雪江が戯れに留守居役といったことに、新之丞が表情を硬くしたのは、このせいだったのだ。

新之丞は眉を引き絞り、頷いた。

「先日、お城の奥右筆の詰所に、いきなり留守居役が私を訪ねてきましてね。折り入って頼みがあると、居丈高にいってきました」

「それで、どのような頼み事か伺ったのですか」

「まったくわかりませんよ。会って話をしたいと、もったいぶっていましてね」

新之丞は、突き放すような物言いをして、軽く首を振る。

「幕臣ならいざ知らず、十万石の忍藩の留守居役が、奥右筆の私になんの頼み事かといささか気が重いです。ま、走り込みの一件ではないかと思っていますがね。その三島という藩士も、殿さまから彦吾郎を捜し出すよう厳命を受けているというのですから」

「新之丞、その留守居役のお方に三島と彦吾郎が従兄弟同士であるかは訊けますか」

新之丞は、それはと、言葉を濁らせた。

「もちろん、私も姉上と同じ思いを抱いております。森高家と彦吾郎が姻戚だと知っているのは、三島だけだといっているのも、どうかと思いますしね。けれど、留守居役を直に質せば、いらぬ疑念を感じさせることになりかねない」

「ええ」

雪江は、まさか忍藩の留守居役までが出てくるとは考えもつかなかった。しかも、新之丞に接触してくるということは、なにかしら既につかんでいるのかもしれない。

「あの、それで、話を聞かされちまったおれはどうしたらいいんで？」

新之丞は、手鏡で髷の具合を確かめながら、鏡面に映る銀次へ向け、口角を上げる。

「そうだなぁ、いまから、うちの中間になってみないか」

「おれが中間！」

銀次が頓狂な声を上げる。

「藩の留守居役というのは、他藩の留守居役との付き合いが肝心なんだ」

それは雪江も知っている。藩主不在の際には、江戸藩邸を守り、千代田の城にも詰所があった。そこで、他藩の留守居役と密接な関係を結び、情報の交換を行う。

武家はとくに先例に倣うことが何より重要であり、留守居役はそれを間違いなく遂行する職務だ。そのためかどうか、他藩との交流を図る留守居組なるものを作り、料理屋や遊郭などで遊興三昧《ざんまい》という悪しき慣習もあった。

「招かれたのも、結構な料理屋だ。待っている間に、いい物を食わせてくれるかもしれないぞ」

銀次は、髷に挿した銀簪を引き抜いて、鬢のあたりを掻きつつ、考え込んでいたが、

「ただ中間のなりで、お供だけさせようっていうんじゃねえんでしょ」

そういって、にっと笑った。

「察しがいいなぁ。留守居役の供も当然いるはずだ。家士は口を割らないだろうが、中間なら、口入れ屋から雇った者がいくらでもいる。そういう奴なら、忍藩の内情を、面白おかしく話してくれるだろうさ。尾ひれがたっぷりついているのは承知の上だが」

新之丞が笑みを返す。

なるほど、と雪江は我が弟ながら、感心して見つめた。客商売の銀次なら、話を聞き出すのもお手のものだろう。

「へへ、そういうことなら、付き合いますぜ」

銀次は任せとけとばかりに、胸を叩いた。

「わたくしからも、お頼み申します」

雪江は銀次に膝を回して、頭を下げた。

「あ、そんな真似をなさっちゃいけません。駄目ですよ、姉上さま。おれは、面白《おもしれ》えからお付き合いするまでだ」

「じゃあ、早速、支度をしてくれ」

新之丞は肩に掛けられていた手拭いを取り去ると、すっくと立ち上がる。

「新之丞、くれぐれも粗相のないように」

「大丈夫ですよ。私はこれでも、岡島家を背負っていますから、ははは」

「そうでしたね」

力強くいった新之丞が、少しだけ頼もしく思えた。

六

新之丞と銀次が戻ったのは、宵の五ツ（午後八時頃）を過ぎてからだった。

母の吉瀬は、実姉と本郷の真光寺から夕刻には帰って来たが、夕餉を取ると、途端に眠気に襲われたといった。

「薬師如来さまに詣でて、くたびれたなんていったら、申し訳ないわね」

ほほほ、と笑いながら、寝所へと入ってしまったのだ。

じりじりと焦れながら待っていると、足音を響かせて居間に入って来た新之丞は、雪江の顔を見

るなり、

「もう、へとへとですよ」

くずおれるように座り込んだ。

中間の格好をした銀次が、大刀を刀架けに置く。

「それで、留守居役どののお話はなんだったのですか」

「そう、急かさないでください」

新之丞は息を吐く。思わず雪江は鼻先に袂を当てた。酒の香が強く匂う。かなり呑まされたようだ。

「どこから話を得たものか、私が水野さまのお屋敷へ召し出されたことをご存じでしたよ。やはり留守居役の情報網は侮れません。簡単にいえば、沿岸警備から退きたい、その仲立ちをしてもらえないかということでした」

雪江は眼をしばたたく。

「そのようなことができるのですか？」

「できるわけないでしょう」

新之丞があっさりいって、げふっと嘔吐《えず》いた。雪江は眉をひそめる。

「たぶん、こんな話ではないかと、察しはついていましたが。たかだか奥右筆の私がご老中に、進言できるはずがありません」

はあぁ、と首をがっくり落とした。

勇んで出掛けたときとは大違いだ。頼もしいと一瞬でも思ったのは撤回せねば。

「まあ、新さん。姉上さまに、きちんとお話ししなけりゃ。お留守居役の無理難題はこの際、置いといて」

銀次が新之丞の肩を叩く。

「三島惣太夫について、話が聞けたのですか？」

「はい」と、銀次が頷いた。

それで、と雪江は身を乗り出す。銀次のほうがよほど頼りになる。

料理屋の台所で、銀次は酒と料理を振る舞われたが、そこに忍藩の駕籠かき四人と中間がやってきたという。

「中間のほうは、代々の務めらしくて、なかなか口が堅そうだったんですが、駕籠かきの中の若い奴が、ちょっとばかり屈託があるように見えたので、酒ぇ差し出すと嬉しそうに猪口《ちょこ》を取りました」

「駕籠かきに酒を呑ませたのですか？」

雪江が呆れた。

「浴びるほどじゃありませんから、大《で》ぇ丈夫ですよ」

「で、その者が銀さんに文句を垂れたそうです。沿岸警備の掛りが思った以上らしく、手当がろくに出ない、と。そのとき、勘定方の三島の名が突然出たんだったな、銀さん」

そうです、と銀次が大きく頷いた。

「なので、その三島さまってのはどんなお方なのだと訊ねたら」

謹厳実直な性質で、藩の費《つい》えは一銭でも数字が合わなければとことん追及し、ともかく無駄を省くことを徹底しているという。さらに、藩士は窮乏しても、中間や駕籠かきのように、雇い入れている者たちには、きちんと手当を支払うべきだと、上役に食ってかかる。

「そうでなければ、下屋敷で手慰みに興じる輩も出てくる。あげく、風紀も乱れ、仕事も真面目にしなくなる、と。困るのは、我が藩だというわけで。その駕籠かきは、三島というお方を褒めちぎってましたよ」

銀次は感心しきりだ。

「沿岸警備の掛りも一手に引き受けているという話だったな」

銀次に新之丞が問いかける。

ぱんと膝を打ち、そうでしたと銀次が雪江を見る。

「ともかく、藩のために働くことが生きがいのようなお人なんだそうです」

なるほど、お役目にも熱心で、気遣いもできる。

でも、と雪江の胸底から、かすかな疑問が浮かび上がってきた。

それほど、藩のために尽くしているのであれば、不始末を犯した彦吾郎を、藩主の命に背いてまで、助けようとするだろうか。

矛盾が生じているような気がした。でも身内への情はあるのかもしれない。

「森高彦吾郎は三島の従弟であるかまでは、わかりませんでしたよね」

雪江が疑りつつ訊ねると、

「まことのことでしたよ」

銀次が、強く首肯する。

発砲事件のことが瓦版になっていた話をさりげなく振ると、駕籠かきは、酒の酔いも手伝って、藩邸内の騒ぎを語ってくれたらしい。その際に、発砲した三島の従弟の名を見つけ、仰天したという。

「ここからが、面白ぇんですよ。実は、あの発砲事件には裏があるって噂でさ」

銀次がここぞとばかりに小鼻を膨らませた。


雪江は、戸惑いを隠せなかった。

燭台の灯りがふらりと揺らぐ。まるで、いまの雪江の心情を表しているかのようだ。

銀次は、あらかた話をすると、町木戸が閉じられる前に、屋敷を出た。

銀次の口から出たのは、瓦版を通じて流布したものとは、まったく異なったものだった。

発砲したのは、忍藩の森高彦吾郎ではなく、羽田奉行の配下である与力見習いの仕業らしいというのだ。

「つまり羽田奉行さまが、此度の一件を隠蔽し、忍藩に責任を押し付けたということなのですか？」

「あくまで噂ではありますが」

「それが、真実ならば、逆ではないのですか。忍藩が幕府に恩を売ったということになります。沿岸警備の任を解いてもらいたいという願いが聞き届けられてもいいはず。わざわざ、あなたが仲立ちをする必要など、どこにもありませんよ」

新之丞は、首を振った。

「与力見習いの誰が発砲したのかは、わかっていないのです。ただ、彦吾郎は羽田奉行所に使いに出されています。奉行所の磯田という与力が証言していました」

では、と雪江は新之丞を見つめる。

「もしや、彦吾郎がその者を見ているかもしれないと」

「とどのつまり、口封じですね。彦吾郎に罪をなすりつけ、始末してしまえば、羽田奉行は素知らぬ顔ができる。知らぬ存ぜぬと通せばなんとかなります」

羽田奉行所と羽田奉行も、新設されたばかりだ。まさか、このような大事が起きるとは思いも寄らなかったはずだ。

「奉行にしてみれば、せっかく賜ったお役ですからね。ほんの数か月でしくじりを犯したとなれば、隠したくもなりましょう。羽田奉行と忍藩の間でどのような約定が交わされ、見返りがあるかは、駕籠かきの話だけでは見えてきませんでしたが」

それにしても銀次はいい仕事をしてくれました、と新之丞は満足げだ。

「私は、留守居役に、老中との場を作ってくれと、ずうっといわれ通しでしたからね。あそこまでしつこいと脅しです」

新之丞が立ち上がった。

「ちょっと水を汲んできます」

居間を出る新之丞の背を見送りながら、雪江は考え込んだ。

なにかが、おかしい。どこかが矛盾している。三島は、藩主が彦吾郎を捜し出すよう厳命しているといった。

老中が、この一件は構いなしといったにもかかわらずだ。

いや、構いなしとなったことが、忍藩にとって不利に作用してしまったのかもしれない。

羽田奉行はまったくの無傷で済んだのだ。

交わされた約定など反故にされてしまうだろう。

不始末を犯した以上、藩として、その責を負うのが当然だと、三島はいった。

それは、誰のためだ。

様々な思惑が絡み、ただ藩の威信のために、彦吾郎という若者が命を落とさねばならないとしたら、哀れでならない。怒りさえ覚える。

彦吾郎を救いたいといった三島を信じ、章一郎の許を訪ねてみるべきか。

雪江の心が揺れる。

懸命な三島の面持ちが蘇ってくる。

新之丞が、戻ってきた。

雪江は背筋を正し、静かな声でいった。

「三島惣太夫を連れ、章一郎さまのお屋敷へ参ろうと思います」

新之丞が眼を剝《む》いた。

「姉上、まことですか」

「彦吾郎の駆け込みがないとすれば、いたしかたありませんが、なにかをせずにいられないのです」

新之丞が鬢を掻きながら座り込む。

「姉上は、一度口にしたことは曲げませんしね。でも、おひとりではなく、私もご一緒します。しかしなぁ」

先日、訪れた際には、取りつく島もなかったとぼやいた。


忍藩の三島惣太夫に書状を届けると、すぐに返書が来た。

万が一、彦吾郎が走り込みをしていることを考え、逃すために訪問は、五ツ（午後八時頃）過ぎがよいこと、三島と舟が漕げる中間をひとり連れて行くと記されていた。

「なるほど」

新之丞が、雪江の部屋で書状に眼を通した。

「章一郎さまに、このことをお知らせするべきでしょうか」

「姉上、それは駄目ですよ。もっとも、章一郎さんが、すでに彦吾郎を逃したかもしれませんがね」

雪江は、陽の降り注ぐ庭を見ながら呟いた。

「それならそれで、よいのですけれど」

「では、本日の五ツ。章一郎さんのお屋敷前で待ち合わせると」

では、と新之丞が腰を上げたとき、

「新之丞。その後、章一郎さまの具合は。知っているのでしょう？　あなたのことだから、道場通いも、そのためだと思っているのですが」

新之丞が、相好《そうごう》を崩した。

「大当たりですよ。できれば、あのような汗臭い処に行きたくはありませんからね。道場の連中に聞いた話では、病は癒えたがまだ屋敷で養生しているとのことです」

そうですか、と雪江は安堵の思いが湧き上がってくるのを感じていた。

「屋敷にいてくださったほうが、ありがたい」

顔を引き締め、新之丞は部屋を出た。

七

どこか落ち着かなかった。

筆を執ったが、気がそぞろでなにを書いていいのかさえ、わからなかった。

今夜、なにが起きるのか予想もつかない。

できれば、彦吾郎がすでに江戸にいないことを望んでいた。すでに逃げおおせているか、章一郎の手によって逃がされたか、どちらでもいいと思った。

彦吾郎という若者がこのまま生きてくれれば。

藩の犠牲になることなどないのだから。

雪江は筆を置いて立ち上がると、丸窓を開けた。

不思議な気がした。

もし離縁していなければ、このようなことにはなっていなかった。

むろん、筆法指南所など始めることもなく、菱湖と再会し、蕭雪の筆名も、蕭雪堂の堂号も与えられなかったに違いない。

妻として、章一郎の登城を見送り、下城を迎え、ただ平穏な日々を送っていたはずだ。子ももうけていたかもしれない。人並みの暮らしに満足を得ていただろう。

羽田奉行支配組頭の取次などというお役に就いたことが、離縁の理由になるはずなどない。

わたくしにどんな粗相があったというのか。

けれど、このような形で章一郎とかかわるのも縁だとしたら、幸、不幸の巡り合わせはなんといい加減なものなのだろう。

「あら雪江。ここにいたの」

雪江が振り向くと、吉瀬が菓子と茶を載せた盆を持って入って来た。

「あなたとお茶でもと思っていたのよ。居間でなくてもいいわね」

ええ、と雪江は頷いた。

「父上が作ったよもぎ団子。先ほど、知行地から届いたの。なんでしょうね。ここにいた頃は、なんにもご自分でやらなかったのに、いまは、お団子まで作ってしまうなんて」

文句をいいながらも、吉瀬は団子を口にするなり、「美味しい」と、笑顔になった。

雪江も一口齧ったが、よもぎの風味と餡《あん》の甘味がちょうどよく口中に広がる。

「あ、そうそう、本郷薬師に行ったとき、あなたに話しそびれたことがあったのよ」

吉瀬は口をもごもごさせながらいった。

母は父が居たときには、こんな無作法は決してしなかった。

母も父がいないことで、ずいぶん気楽になったように思える。父も好きにやっている。うがった見方をすれば、これも長年連れ添った夫婦のあり方かもしれない。

「雪城さまに偶然お会いしたのよ」

雪江は一瞬団子を喉に詰まらせそうになった。急ぎ茶で流し込んだ。

「そんなに驚かなくてもいいでしょう。お墓参りに来ていたんですって。一緒にいたお方は藤堂家の家臣とおっしゃっていたけれど」

「それならば得心がいきます。雪城さまは、藤堂家の指南をしていらっしゃるので」

そうなの、と今度は吉瀬が驚く。

「ご出世なさったものねぇ。それでね、あなたが訪ねてきてくれたことにお礼をいってくださいと。いつ行ったの？」

吉瀬が身を乗り出してきた。

「菱湖先生の大幟の揮毫の後です。ご出仕なさっていたので、お会いできませんでしたが、ご妻女にご挨拶だけして」

なにやら吉瀬はがっかりした様子を見せた。

「ご妻女がいらっしゃるのね。そうよね、お顔立ちもよろしいし、菱湖四天王のおひとりとなれば、引く手数多でしょう」

惜しかったわね、と意味ありげに口の端を上げた。

「母上。ほどほどになさいませ」

雪江は呆れ返る。

「ほほほ、いいじゃないの。でね、あなたが蕭雪の筆名と蕭雪堂の看板をいただいたことをお話したら、そのうちお祝いに伺いますって、おっしゃっていたわよ」

雪江は、ぎこちない笑みを浮かべた。

雪城には、向後一切会うな、という菱湖の言葉が不意に浮かび上がってきた。

「ねえ雪江。このばつ印、あなたが付けたの？」

吉瀬がいつの間にか卯美の書を手にしていた。

「ああ、門人の、少々扱いづらい娘なんですけれど、幼馴染みと仲違いしているのです。『信』とそれから『信頼』にも、そのようなばつが書かれていて」

吉瀬はしばらく眺めてから、口を開いた。

「幼馴染みに、この娘が裏切られたの？」

「いえ、どちらかといえば、この娘のほうが、幼馴染みの容姿などをけなしたのです」

「じゃあ、これは幼馴染みに向けて書いたものじゃないわよ。ばつ印で、信を消す、信頼を消す。相手は大人ね、たぶん」

そういって、大きな口を開け、吉瀬は団子を頬張った。


雪江は菱湖に呼ばれていると嘘をつき、新之丞は道場の者たちとの宴があるといって、屋敷を別々に出た。

章一郎の屋敷は神田にある。

雪江は辻駕籠で行く。駕籠が、ぎしぎしと音を立て、通りを進む。茂作は追いついて来られるのか、いささか心配だった。

駕籠から降り立つと、路地から中間を従えて三島が出て来た。新之丞の姿はまだ見えなかった。

何をしているのだろう。

雪江は、複雑な思いで森高の屋敷前に立った。

章一郎は果たして迎えてくれるのだろうか。

三島が「岡島さま、早う」と、雪江を急かす。新之丞が来ていないのを告げようとしたとき、三島が、門の潜り戸を叩いていた。

「三島さま、逸ってはなりません」

止めに入ったとき、潜り戸が開いた。

森高家の家士が顔を出す。雪江の知っている者だ。

「これは雪江さま、お久しゅうございます」

雪江は面食らった。

「このような刻限に不躾とは存じますが、章一郎さまに引き合わせたい方がおられまして。御目通りが叶いましょうか」

と、三島がずいと出て来た。

「忍藩、三島惣太夫と申します。是非とも、ご当主さまにお会いしたく」

「お入りください」

家士は潜り戸をさらに開けると、雪江と三島を促した。あまりにすんなりと通された。

新之丞が、すでに話を通していたとしか思えなかった。

闇に沈んでいたが、屋敷の佇まいは昼間のように脳裏に蘇る。

足裏に石畳の感触が伝わる。

ふと、玄関に提灯の灯りが浮かんだ。

ふたつの影。背が高く、肩幅のある影が章一郎だ。雪江の胸が疼く。なぜか足が進むのを拒んでいた。

「惣太夫さま」

若い声が飛んできた。三島が色めき立つ。

「おお、彦吾郎か。無事であったか」

「待たれよ」

走り寄ろうとする三島を制す声が飛んだ。章一郎の声だ。懐かしい声音に身が打ち震える。だが、雪江は影だけを凝視していた。これ以上は、近づくまいと決めていた。

三島の顔が一瞬歪んだ。

「この者は、我が森高家の走り込み者。私が追い出さぬ限り、この屋敷に留め置く」

章一郎の声が響き渡る。

「森高さま。私は彦吾郎を救うために参りました。どうか、彦吾郎にお屋敷の外へ出るお許しをくだされ」

「屋敷から出てどうするおつもりか」

「この中間のふた親が大坂におります。そこへ預けるつもりです。そこならば藩の手も及びますまい」

どうか、と三島は膝をつき、以前雪江の前で見せたように石畳に擦り付けるほど頭を垂れた。

「承知した。彦吾郎、この屋敷を出ろ」

「章一郎さま。このご恩は生涯忘れませせぬ」

「三島どの、彦吾郎をよろしく頼む」

三島は立ち上がると、雪江にも頭を下げた。

「かたじけのうござった」

提灯を手にした彦吾郎がこちらに歩いて来る。章一郎の姿が暗闇に消えた。

ひと言でいい、呼びかけて欲しかった。

だが、これでいいのだと、雪江は踵を返した。彦吾郎の生きる道が開けたのだ。

家士が、潜り戸を再び開けた。三島が彦吾郎に先に出るようながした。

雪江は屈んだ三島の背から禍々《まがまが》しい気を感じた。あの茶店で行商人が慌てて逃げたわけがようやくわかったような気がした。

「待って、彦吾郎さん」

彦吾郎が振り返る。三島は舌打ちして、彦吾郎の肩をぐいと押した。

「いいから、早くしないか。もう舟を待たせてあるのだ」

はい、と彦吾郎が潜り戸を出て、門外へと出た刹那《せつな》、三島が鯉口《こいぐち》を切った。ああ、と雪江が眼を閉じたとき、

「そこまでです」

新之丞が、潜り戸から身を出しかけていた三島の柄を押さえた。

「な、なにをする。誰だ貴様」

「私は、岡島新之丞です」

あ、と気が抜けたような声を三島が発した。

「彦吾郎さんを斬っても、もうなにも変わりませんよ」

三島が歯を食いしばり、手をついた。

翌日、新之丞の朝餉の給仕をしながらも、雪江はまだ怒りが収まらなかった。

「章一郎さまとあなたとで、すでに話がついていたのが悔しくてなりません」

「それは昨夜、お話ししたでしょう」

三島は待機していた忍藩の藩士に取り押さえられた。

「留守居役の話では、三島はひどく妄信的でしてね、彦吾郎を亡き者にすることが沿岸警備を逃れる術《すべ》だと信じていたのですよ。羽田奉行との約定もありましたのでね」

ところが、発砲事件は老中の裁断で収まり、ただ彦吾郎の逃亡だけが残ってしまった。

「沿岸警備は続けなければならない。藩庫は底を突きそうだ。それで三島は、すべての元凶が彦吾郎の遁走のせいだと許せなくなった。姉上、おかわりください」

雪江は飯碗を乱暴に受け取った。

「それに、忍藩のお留守居役とのお話も、章一郎さまに会わせてくれということだったのですよね。わたくしは、すっかり騙されたというわけです」

三島もそうだ。藩主が彦吾郎を捜せといったのは、処罰するためではなかった。むしろ、帰って来いということだったらしい。

「とんでもない。姉上が三島と会ったからこそ、此度の解決が見られたのです。章一郎さんも、姉上にご苦労だったと伝えてくれといっておりましたよ」

ならば、あの場でいってくだされば、と雪江は章一郎を恨んだ。

彦吾郎は国許に戻され、三島は処罰を受けるということだった。

「次の稽古日はいつですか？　蕭雪先生」

知りません、と新之丞に尻を向けた。


「卯美さん」

涼代が、文机に筆を並べていた卯美の横に立った。

「あたし、ずいぶん卯美さんのために墨を磨って差しあげたわよね」

卯美が不思議そうに小首を傾げ、涼代を見上げたときだった。

涼代が手にしていた小さな木箱の蓋を開けた。まさか——。

「涼代さん！」

雪江は慌てて叫んだが、遅かった。

涼代は卯美の顔に向けて木箱を逆さにした。涼代のこれまでの鬱積した思いが込められた黒い滝が、流れ落ちた。

大量の墨が卯美の顔を覆った。

座敷内が騒然とした。汐江が悲鳴を上げて飛んで逃げ、卯美の横にいた千穂の小袖も墨を被った。

卯美は言葉も出ないようだった。唇を震わせ、汚れた小袖と頬を伝う墨をただ茫然と眺めていた。

「卯美さん、大丈夫」

雪江が近寄ると、卯美が、ああと呻いて、両手で顔を押さえた。

「いい気味。あんたの心は、墨より真っ黒！」

涼代がいい放つ。

「あ、ああ、ああ」

卯美が嗚咽のような声を出し、脱兎のごとく、座敷を飛び出した。

「皆さん、ここにいて」

雪江は卯美を追いかけた。

墨を撒き散らしながら、廊下を走り、裸足のまま卯美は表へ出る。

茂作が、きょとんとした顔で墨を浴びた卯美を見送る。

「茂作、あの娘《こ》を追いかけて」

「は、はい」

茂作も駆け出した。

卯美は庭の隅まで行くと、塀を背にしてうずくまった。

茂作はどうしてよいやら、うろうろしている。

「雪江さま、いかがいたしましょう」

「湯を沸かしてください。それから、奥向きの者に、わたくしの小袖を出すように」

前にもこんなことがあった。雪城に託したおとしと汐江が泥の中で取っ組み合いの喧嘩をしたときだ。

「卯美さん」

卯美は自分の身体を両腕で抱くようにして震えていた。

雪江が肩に触れると、卯美はその手を振り払った。

「なにがあったの？　あなたの苛立ちは、誰に向けられたものなの？」

「お師匠だって、いい気味だと思っているんでしょう。あたしは沙也さんや香さんみたいにいい娘じゃないから」

雪江は卯美の前に膝を落とした。

「父上がお役を退いたの」

「え？」

なにがなんだかわからない、と卯美は首を激しく振り始めた。

「理由は知らない。父上は外に女がいたの。だからもう帰って来やしない。そのせいで母は機嫌が悪いし、羽田奉行所に勤めていた兄もいまは家に戻されていて」

羽田奉行所——。

雪江は息を呑んだ。妙な符合にあらたな疑念が湧いてくる。

「あたし、なにを信じていいのかわからない」

雪江は首を振り続ける卯美を抱きしめた。

「よく話してくれたわね」

卯美が、泣き声を洩らす。

「あたしは、強い娘だから。ふたりに弱いところなんか見せられないから。弱いあたしなんて見たら、ふたりががっかりするから」

途切れ途切れにいいながら、卯美が雪江の背に腕を回してきた。

親からはぐれた小鳥のように、雪江の胸元に顔をうずめながら、卯美はその身を震わせた。

草を踏む音がして、雪江は首を回す。

汐江と、汐江に手を取られた涼代が、心配げな顔で立っていた。


人の心の奥底は見えない。だから近づこうとする。

信をなす――。信じ、信頼する心だ。

雪江は、ふと章一郎を思った。

影だけだったが、その身体も声も変わりがなかった。もう、章一郎には会えないのだろうか。芳香を放つ庭の梔子を雪江はぼんやりと眺めていた。

「蕭雪先生。なにをなさっておいでですか」

「雪城さま。どうして」

雪城は、白い歯を覗かせた。

「門外で母上にお会いしましてね。雪江さまがこちらだと伺い、蕭雪堂のお祝いに」

手にした角樽を掲げる。

「わたくし、もうお酒は」

いいかけた雪江の言葉を遮るように、

「それと、ご老中水野忠邦さまの姪御、長谷川千穂さまをご門人に加えられたことも併せてお祝いをしたいと思いましてね」

雪城はいった。

ご老中の姪。千穂が……。あの硯は、ご老中からの贈り物だったのだ。

雪城の笑顔の奥に、暗い影が見えた。

義を見てせざるは

一

雪江の許に訃報がもたらされたのは、蜩《ひぐらし》がひときわ高く鳴き始めた午後のことだった。

すでに下城していた弟の新之丞も、母の吉瀬も呆然と、その報せを聞いた。

「まさか。あんなにもお元気そうに見えたのに」

新之丞がぼそりと呟いた。

雪江もにわかに信じることができなかった。

そのようなことがあってよいものかと、なにかを恨むように唇を噛み締めた。

生あればこその死とはいえ、唐突なその報せは、無常を強く思わずにいられなかった。

さらに雪江を嘆かせたのは、弔いに参列できなかったことだ。

最期の別れすら、することが叶わなかった。

なにゆえ、兄弟子たちは教えてはくれなかったのか。そこにどのような訳があるのか知りたかった。

「雪江、雪江。あなた、大丈夫？」

母の声に、雪江は我に返った。吉瀬が心配そうに雪江の顔を覗き込んでいる。

「顔色が良くありませんよ。少し横になったらどう？　茂作にすぐに床を取らせましょう」

吉瀬が腰を上げかけたのを、雪江は制した。

「母上、お気遣い恐れ入ります。お師匠がお亡くなりになったことは受け入れがたいことですが」

師匠の巻菱湖《まきりょうこ》が不帰の人となった。

ぎろりとした眼に束ねた総髪、無精髭。大きな笑い声が、雪江の中に甦る。

大酒飲みで、偏屈ではあるが、それらはじつは繊細で謹直な性質を隠していたように思える。それは、菱湖の書にも表れていた。

流水のごとく緩やかな、かな文字を記し、楷書は力強くしなやかだった。

篆書《てんしょ》、隷書《れいしょ》、すべてに魅きつけられた。

「江餐海味、時新をおい、酔裏詩を題せば、筆に神有り、人をみだりに老天民を憶はしむ……」

雪江は、かつて菱湖が作った漢詩の一部を呟いた。

山海の珍味を食しながら、酒を呑み、酔って漢詩を記す。酔いつつ、筆を執れば、なにも邪魔せず、素直な字が書けるという意味だ。

過日、大幟の揮毫をした菱湖を思い出す。

祭礼のための大幟を菱湖に頼んできた村の者たちは、陽気に振る舞い、酒をぐいぐいあおる菱湖に不安を隠せなかった。

しかし、大筆を振るい、一気呵成に書き上げた菱湖の姿に皆大いに驚嘆し、不安は賛辞に変わった。

筆の勢いと、かすれた墨の美しさ。見事な揮毫だった——。

やはり、祝いに来てくれたとき、菱湖の背が遠くに見えたのは、ある種の予見だったのかもしれなかった。

涙は不思議と出なかった。

あまりにも衝撃が大きすぎて、釈然としない思いと、悔しさにとらわれているせいだろう。

雪江は、唇を嚙み締めると、立ち上がった。

「どこへ参るのです？」

吉瀬が眉根を寄せる。

「雪城《せつじよう》さまのお宅へ。どうしてもうかがいたいことがございます」

「姉上、それよりも先に、菱湖先生のところへ行かれるのがよいかと」

新之丞がいった。

雪江は、首を振る。

「お師匠の今際《いまわ》の際《きわ》を知りたいのです。わたくしを拒んでいたのならば、それに従うしかございませぬが、そうでなければ、兄弟子たちか、あるいは菱湖先生のご家族が、わたくしへわざと告げなかったことになります」

それを確かめに行くのです、と雪江は強い口調でいった。

「そのようなことはございませんでしょう。あなたに報せなくても、やがてはわかることではありませんか。菱湖先生に訳があったのではございませぬか」

だとしたら、どのような？

女の身であるからか。

いや、男女であるから、武家であるから、町人であるから——そのようなことで、弟子を分け隔てするような師匠ではなかった。

雪江はさらに焦れた。新之丞が、ほう、と息を吐いた。

「では、私も共に参りましょう。姉上ひとりでは、いきなり雪城さまに食ってかかりそうだ」

そうねえ、と母の吉瀬までが同意する。

「そんなことはありません。わたくしは、雪城さまに訊きたいことをお伺いするだけですから。だいたい、あなたが付いてくるなんて、みっともないじゃないですか」

雪江は早口でまくしたてた。新之丞が、くくっと含み笑いを洩らす。

「それそれ。そうやって、すぐにとさかにくるからですよ。私だって、菱湖先生の不肖の弟子ですからね。お亡くなりになったことを悔しく思っている者のひとりです」

雪江は言葉を呑み込んだ。たしかに、そのとおりだ。新之丞も一時期、菱湖の許で書を学んでいたのだ。

その死を告げられ、心乱れたのは自分だけではない。

「それならば、よろしいでしょう？　母上」

新之丞が吉瀬に許しを求める。

「ええ、ふたりで行くのならば」

雪城さまのお話を聞いて、納得できるならば、すぐに菱湖先生の許を訪れなさい、と吉瀬は付け加えた。

「では、早速行きますか」

新之丞が立ち上がったが、ふと首をひねった。

「ところで、袴は何色にしましょうかね？　姉上」

「何色でも構いません」

雪江は呆れ果てて、応えた。

新之丞は、鼠色か小豆色かとさんざん悩んだ挙句、濃紺の袴を着けた。

どうも、この弟には緊張感というものが欠けていると雪江は思う。しかし、吉瀬とともに、新之丞の袴選びを眺めているうちに、雪江は少しずつ冷静さを取り戻した。

新之丞なりの気遣いなのかもしれなかった。


夕映えの空は、朱墨を流したような色をしていた。蜩は一日の終わりを告げるようにまだ鳴き続けている。

それが、物悲しく雪江の耳に響くのは、やはり、突然聞かされた菱湖の死のせいだろう。

新之丞と雪江の後ろで茂作も沈んだ表情をしていた。

「それにしても、驚きました。すでに菱湖先生が亡くなっておられたとは。ですが、遣いのあの弟子、悠之介といいましたっけ。まるで口止めでもされているように、ほとんどなにも語りませんでしたね」

雪江もそれが不思議でならなかった。ただ、亡くなったことを告げ、雪江がなにを訊ねても、それのみを繰り返しただけだった。

「わたくしたちと同じように、動揺していたのかもしれませんが。それに悠之介さんは、まだ弟子入りしたばかりで日が浅いということでしたし」

「だとしても、亡くなられてから、もうひと月近く経っています。せめて、三十五日法要ぐらい、伝えてくれてもいいでしょう」

雪江は、それにも疑念を感じている。新之丞がいうように、誰かに口止めされていたのかもしれない。ならば、それは、誰だろう。

不意に、ある光景が雪江の脳裏に浮かんだ。

菱湖の筆による筆法指南所の看板を掲げてしばらくしてから、雪城が、突然屋敷を訪ねてきた。

雪江が、菱湖から蕭雪堂の堂号を授けられた祝いが、その理由ではあったが、時を同じくして入門した弟子、長谷川千穂のことにも雪城は触れた。

長谷川千穂は、老中水野忠邦の姪だというのだ。

雪江は、まったくあずかり知らぬことだった。

千穂が、非常に高価で珍しい硯を持参していたので、高禄の家柄であろうとは思っていた。

叔父から頂戴した硯だと、雪江の弟子のひとりである小塚卯美へ答えていたが、まさかその叔父というのが、水野老中であるとは思いも寄らぬことだった。

そのことをなぜ雪城が知り得たのかわからない。ただ、雪城が帰りしな浮かべた笑顔は、これまでに雪江が見たこともない笑みだった。

それは、蕭雪の号を菱湖から授けられた雪江に対する心からの祝福の笑みとはほど遠いものだった。どこか雪城の心の暗部が思わず浮き出てしまったかのように感じた。

菱湖は、水野といささか交流もあった。もはや、推測ではあるが、菱湖が仲立ちをしてくれたのだろう。千穂も、雪江の指南所を叔父から勧められたといっていた。

そのことさえ、菱湖に訊ねそびれた。

きっと、訊ねたところで、あの師匠のことだ。空とぼけるに違いないと、雪江は思っている。

そうやって、ひとりで先回りして考えてしまうのも悪い癖だと、つくづく感じる。疑問を感じたのならば、すぐにでも解消すべきなのだ。

元夫の森高章一郎に離縁を告げられたときもそうだった。なにゆえ訳を質さず承服してしまったのか。物がわかったような顔をして、あとから、心を乱すのであれば、そのときに得心できるまで、話をすればよかったのだ。

意地っ張りで、勝ち気なのも、自分の短所であるのだろう。

あの夜――。

仏蘭西国船に発砲したと疑われた忍藩の若侍が、縁戚の森高家に駆け込みをした。

発砲の疑いは晴れたが、雪江もその一件にかかわることになり、久方ぶりに嫁いだ屋敷へと足を踏み入れた。

雪江は暗闇に沈む章一郎の影だけを見、懐かしい声を聞いた。結局、章一郎からは、弟の新之丞を通じて「ご苦労だった」というひと言が後日あっただけだった。

その言葉が、ただそれだけの意味であったとしても、元妻である自分の姿をたしかにみとめていたと信じたかった。

章一郎が危険なお役を命じられていたと、雪江は新之丞から聞いた。それが離縁の理由であったとしても、あの場で質すことなどできなかった。

ふたりをわかつ夜の帳《とばり》が恨めしいと思った。

もう再び会うことはないのだろうかという未練を感じた一方で、これでいいと雪江は胸の奥に刻み込んだ。

あの看板を掲げたときから、ひとりの人として、書を究める者として、道を歩まねばならない。師としても門弟たちを導く者でなければならない。誰のためでもない。わたくし自身のためだ。

雪江は、小さく溜め息を吐く。

歩を進めているうち、首元に汗がにじんでくる。雪江は懐紙を取り出し、汗を押さえた。

二

両国広小路は、家路を急ぐ人や、仕事終わりで夕餉をともにしようと幾人かで歩いている職人、天麩羅、寿司を摘んでいる者などでごった返していた。

商家の主人の後を、重い荷を背負い、汗だくになりながら、小走りになっている小僧もいる。

すでに陽は落ち、ぽつぽつと明かりが灯され始めた。食べ物屋以外、玩具や鍋釜、ざるなどの日用品を売る床店《とこみせ》は、片付けをしていた。それでも、押し寄せるように広小路に人々が集まっていた。

ああ、と新之丞が声を洩らした。

「花火があるのでしょう」

五月末から三か月は川開きで、船による納涼が許可され、屋根船や猪牙舟《ちょき》など、大小の船が大川を埋め尽くす。川端にも提灯が下げられ、食べ物、飲み物などを出す店が立ち並び、花火が打ち上げられるこの期間はいっそう賑やかになる。

薬研堀にある雪城の屋敷まではあとわずかだった。薬研堀そのものは、すでに埋め立てられてしまっているが、堀の名称だけがいまだに残されていた。

「いまさらのお訊ねですが、雪城さんの屋敷を訪れるのに躊躇なさらなかったのですか？」

「それは――」

雪江は返答に戸惑った。躊躇しなかったわけではない。

「お祝いに角樽を持ってきてくださったとき、立ち話だけされて帰ったのでしょう？　しかも、ご老中の姪だという長谷川千穂のことを持ち出したと」

「ええ」

菱湖は「向後、雪城に近づくな」といった。

それは、雪城が功名心にはやっているからだという。札差の娘と夫婦になったのも、身代が目当てであったらしい。

名を売るには、それなりの金子が必要だからだろう。文人墨客を料理屋などに集めた書画会を開くにも、雪城ひとりではまだ到底客は集まらない。

他の書家、戯作者《げさくしゃ》、絵師など名の通った者たちの顔を揃え、ようやく成り立つ。その場で描いた画や揮毫を、集まった客たちに買い上げてもらわねばならない。売れ行きが悪ければ、それは主催した側の負担にもなる。

書画会は名を広める機会ではあるが、その分、危いものでもあった。

雪城は、老中の姪を弟子に持った雪江のことを苦々しく思っているに違いない。

それがあの帰りしなの笑みに表れたのだろう。

「そんな雪城さんに訊ねても、私はどうかと思ったのですがね」

新之丞は、笠の縁を指で押し上げた。まだ、足下が見えるくらいの明るさは残っているが、すでに星が瞬いている。

雪江も暗くなりつつある空を見上げた。

「いささか迷いはしました……ですが、雪城さまのあの日の態度には不信感が募りました。だからこそ……他の兄弟子に伺うより、雪城さまへ直にお訊ねするべきだと」

雪江は言葉を選びつつ、さらに新之丞へいった。

「それに、明後日は稽古日です。このように乱れた心のままでは、指南もできません」

新之丞は、そうでしょうね、と頷いた。

「雪城さんは、四天王の中で、一番菱湖先生に目をかけられていました。ま、もうここまで来てしまったからには、行くしかありませんが。ですが、こんな刻限に、しかも突然に訪ねれば余計に嫌がられるかもしれませんよ」

「それは承知の上です」

やれやれ、と新之丞が首を横に振る。

雪江の中に、雪城の妻お重の顔が浮かんでくる。妻女が応対に出てきたら、雪城がたとえ在宅でも会わせてくれるかどうか。

でも今日は新之丞もいる。無下《むげ》には扱われないだろうと思った。

両国広小路を抜け、左手に両国橋を眺める。橋の上にも大勢の人々が行き交っていた。

大川沿いを行き、右手に曲がれば、雪城の居宅がある。雪江は、以前訪れた屋敷を新之丞に指し示した。


黒塀を巡らした雪城の屋敷の門前に立ち、新之丞は、ほう、と感嘆した。

「これは、なかなか結構な屋敷ですねぇ。二階建てか。ここからなら、花火も見放題だ」

出入りする弟子のためか、門は開けたままになっている。

茂作へ門外で待つように言い、黒い敷石を踏み、玄関に向かう。蕭間堂の看板がある。

以前、訪れた時にも眼にした菱湖の筆だ。雪江の指南所に菱湖が来た日のことが甦る。

持参した白木の板に菱湖は蕭雪堂と記した。胸が熱くなったのを昨日のことのように思い出しつつも、もうずいぶん前のことのようにも感じる。

新之丞が、不意に雪江の前に進み出た。

笠を取り、新之丞が訪《おとな》いを入れると、すぐに声がした。妻のお重ではない。聞き覚えのある、少年のものだった。

引き戸が開けられると、果たして顔を見せたのは悠之介だ。なぜ、ここにいるのかという疑問を抱いたが、新之丞がすぐに口を開いた。

「このような刻限に失礼する。雪城さまはご在宅か？　岡島新之丞が参ったと伝えてくれ」

悠之介が新之丞の背後に控えていた雪江をみとめてわずかにうろたえる。

「わたくしの弟です。かつては、菱湖先生の弟子でありました。雪城さまに、お伺いしたいことがあるというので、同道してきました」

新之丞が、雪江を振り返り、眼をしばたたいた。新之丞の意向であれば、雪城も出てくるのではないかと咄嗟《とっさ》についた嘘だ。雪江の思いをすぐに感じ取ったのか、新之丞が相好を崩した。

「姉のいうとおり、菱湖先生がお亡くなりになられたというのに、なにゆえ我が岡島に報せがなかったのか、不思議でなりませんでしたのでね」

そ、それにつきましては、と悠之介がまだ幼い顔を歪ませる。

「で、雪城さまは、いらっしゃるのか？」

「ただいま、来客中でございまして」

悠之介が応えた。見れば、玄関の三和土に履物がある。

「なるほど。では待たせてもらってもよろしいかな？」

新之丞は、強引に上がり込もうとした。

「行儀が悪いな。岡島新之丞さま」

雪城が、客であろう中年の武家とともに廊下を歩いて来た。武家は、見るからに高禄の者というでたちをしていた。

別室に控えていた供の者が提灯を下げて、玄関先に出て来る。

「では、後日。よろしく頼む」

武家は雪城に深々と頭を下げ、ちらと雪江と新之丞を窺い、軽く会釈をして出て行った。

新之丞が首を回し、供の照らす提灯の明かりを頼りに歩いて行く武家の背を眺めた。

「さ、お上がりください。悠之介、おふたりを客間へ案内してくれるか。私は着替えをしてくる」

雪城は悠之介に命じると、身を返した。


雪江と新之丞は、客間に通され、雪城を待った。

悠之介が茶を運んで来た。

「悠之介さん、なにゆえ雪城さまの許にいるのですか？」

雪江が訊ねる。

「いまは、雪城先生の許でお世話になっております」

「では、雪城さまの弟子に？」

「はい。師匠がお亡くなりになった後、高弟の方々が、内弟子、通い弟子をそれぞれ面倒見てくださることになりました。それで私は雪城先生に」

「そうでしたか」

雪江は頷き、

「では、おとしという娘は元気にしておりますか？　内弟子の、まだ十の娘です」

さらに問いかけた。

おとしは、雪江の弟子、宮田汐江の供で雪江の指南所を訪れていた娘だ。

「おとしさんですか？　ああ、先ほどのお武家さまの養女になる方ですね」

「養女？」

雪江は湯飲みを口に運ぼうとしていた新之丞と顔を見合わせた。

「なにゆえ、おとしが？　母親もこちらでお世話になっているはずですが」

悠之介が幾分、困った顔をした。

「私は詳しいことは存じません」

「会わせてくれませんか？」

雪江が膝を進めると、着替えを済ませた雪城が座敷に入って来た。

「なんの話かと思えば。おとしは、私の内弟子ですよ。どう扱おうと、雪江どのにとやかくいわれる筋合いはもはやないでしょう」

雪城は穏やかな顔つきながらも、きつい口調でいった。

「あの娘は、書を学びたいといっていたはずです。雪城さまもそれをご存じでありましょう」

ゆっくりと雪江と新之丞の前に雪城は腰を下ろした。そして、悠之介に座敷を出るよう告げる。

悠之介は雪江と新之丞に一礼して、座敷を出て行った。廊下を歩く音を確かめるようにしてから、雪城は、口を開いた。

「通い弟子に代わるだけのことです。あのお方は、旗本でも大層なお家柄。せっかくご縁を結べたのです。おとしにとっても、よい話だとは思いませんか？」

おとしは熱心で才もある。しかし、所詮は女子。書で身を立てるなど夢のまた夢だと、雪城は、雪江を静かに見据えて、笑みを浮かべた。

「それは、わたくしにおっしゃっているようにも聞こえますが」

雪江の言葉に雪城はわざとらしく眼を見開いた。

「雪江どの、いや、これは失念した。いまは蕭雪先生でしたね。蕭雪先生は江戸三筆と謳われた巻菱湖が認めた弟子。行く末は、明るいものでしょう」

「ですが、女子です。それに先生はおやめくださいませ」

「先生は先生だ。しかしご不快ならば」

「いままでどおりで結構です」

雪城は、わずかに顔をしかめ、新之丞へ視線を移した。

「ご用事の向きは、おとしのことではないと思いますが」

新之丞は、居住まいを正した。

「菱湖先生がお亡くなりになったのを、なにゆえ隠しておられたのかお訊ねに参りました」

三

雪城は、ほっと声を上げた。さも、驚いたといいたげなようすだった。

「なに、他意はありませんよ。隠したつもりもありません。本日、お報せしたではありませんか」

「本日、ではなく、お亡くなりになったときです。もう、ひと月あまりも経ちます」

新之丞がいうと、雪城は湯飲みを手にして、茶を喫した。

「弔いの日が雪江どののお稽古日だったものですからね。お邪魔をしては申し訳ないと。それに、雪江どのは、嫁いでから、師匠とはお会いになっていなかった。常日頃、そばにいた門弟でお送りすれば良いと思ったまでのことです」

「たった、それだけの理由ですか」

雪江は色をなし、雪城に詰め寄った。

「そうです。菱湖四天王などと、自ら口にするのは気恥ずかしいですが、私を含め、四名ですべてを取り仕切りました。そこに不服がございますか？」

「四天王の兄弟子が取り仕切ることに異存は唱えません。が、わたくしも弟子のひとりです。稽古日であろうと、弔いに参列せぬ弟子がおりましょうか。師匠は、わたくしの指南所のために堂号もくださいました。そのお礼すら、きちんといえぬままでしたのに。その心残りがございます」

雪城が腕を組み、目蓋を閉じて沈思した。

雪城の心の内など読めるはずもないが、雪江は、探るように凝視した。

不意に眼を開けた雪城と視線が交わり、雪江は顔をそむけた。

「では堂号が理由だとしたらいかがです？」

思いがけぬ言葉に、えっと、雪江は雪城を再び見つめた。

はっきり申しましょう、と雪城は眉をひそめた。

「ご実家に戻られてから、また、師匠を頼り、号までも授けられた。我ら四名ならばいざ知らず、雪江どのの兄弟子に当たる者や弟弟子たちの中には、不満を抱いている者がいるのですよ」

女の身で生意気だ、堂号を得たところでなにができる、技量も知れたものではない、師匠をたぶらかして手に入れたのではないか、出戻りに情けをかけただけだろう、と雪城は淡々と並べ立てた。

とても聞くに堪えなかった。女の身云々《うんぬん》はかねてからいわれてきたことだ。しかし菱湖をたぶらかしたといわれたのは、心底腹が立ち、悔しさに身が震える思いがした。

「それは、同門として、ちと姉上を愚弄してはおりますまいか」

新之丞がわずかに怒りをにじませた。

「お怒りになるのは致し方ありませんが、そう口にしている者が実際にいるということをお教えしている。ですから、弔いにのこのこ現れ、涙など浮かべ、もっともらしく振る舞ってごらんなさい。不満は怒りにも変わる」

雪城は、雪江をしかと見つめた。

「我ら四名は、気遣いをしたつもりだったのですが。それが、雪江どのには、おわかりにならなかったようで、非常に残念です」

兄弟弟子に、まさかそのように思われていたとは考えもしなかった。

「女子は感情で動く。男のような思慮分別がない」

「雪城どの、姉をそこまで貶《おとし》めるか！」

新之丞が思わず片膝をたてた。雪江はそれを押し止めると、こらえきれず両の手を握りしめた。

「姉上……」

新之丞が雪江の顔を覗き込んできた。雪江は新之丞の顔を見返し、わずかに微笑む。

雪江は、雪城に向きなおると、静かに頭を下げた。

「心得違いをしておりました。わたくしを慮《おもんぱか》ってのこと、まことにかたじけのうございます」

「いや、わかってくだされば。雪江どのの気持ちもわからなくはない。しかし、そうせざるを得なかった我ら四人も辛かったのですから」

せめて鉄砲洲のお宅へ弔問にだけでも伺いたいと、雪江はいったが、雪城は首を振った。

「いまは、やめたほうがいいでしょう。内弟子たちがまだ屋敷におりますのでね」

「そんな」

そこまで拒まれる自分は何者であろうと思った。師匠に線香の一本も手向けられない弟子が果たしているものだろうか。

「お最期は。なにかお言葉は残されたのですか」

雪城は、いいえ、と首を振る。

「お栄《えい》さまのお話では、突然倒れられて、そのまま息を引き取られたと」

菱湖は、以前卒中で倒れている。同じ病であったのだろう。

お栄は菱湖の妻女だ。子は男児がひとりいたが、幾つになったのか。おそらく二十歳になるかならぬかぐらいの歳だ。まだ父親の弟子を引き継ぐようなことはできないように思われた。悠之介が雪城の門弟になったのも、そうした事情に鑑みてのことだったに違いない。

雪江は、やりきれない思いを抱きながら、吐息した。

「墓は谷中《やなか》の天王寺です。しばらくしてから、墓参に行かれればよいのでは」

雪城があっさりといった。

雪城は師を失った悲しみを感じていないのだろうかと雪江は思った。菱湖は、同郷の雪城をまるでわが子のように可愛がっていた。書の才も十分に認めていた。

雪城もそれに応え、多くの門弟を抱え、藤堂家の指南役になり、書家として名も通り始めている。それも、菱湖という師がいたからこそだ。その恩義さえも、口調から感じ取ることができない。

かつては、このような人ではなかった。雪江や歳の離れた弟弟子たちに接するときには、優しく導いてくれた。菱湖を敬愛し、その書に憧憬を抱いていた。

功名心が雪城を変えてしまったのだろうか。

「帰りましょう、姉上」

新之丞が、雪江を促した。

と、雪城が腰を上げた新之丞を制した。

「なにか、他に話があるのですか」

「新之丞さま。そう険しい顔をなさらないでいただきたい。私は真実をお伝えしただけです。ただ、あとひとつだけ、雪江どのに聞いて欲しいことがあるのですが」

承服するもしないも雪江どの次第、と雪城はもったいぶったいい方をした。

「どのようなお話でしょうか？」

雪江が訊ねると、新之丞は仕方なく再び座り直した。

「兄弟弟子すべての不平不満を抑えるために、どうでしょうね？　一時的に、私の門弟になりませんか？」

は？　と思わず腰を上げた新之丞を雪江が止める。

「おっしゃっている意味がわかりませんが」

雪江は努めて冷静に訊ねた。意味はわかりやすすぎる。

菱湖の弟子であった悠之介を雪城が引き受けたのと同じように、雪江にもそれを求めているのだ。

おそらく蕭雪の号も、一旦、雪城に預ければ、兄弟弟子らの腹立ちが一時は収まるのではないか、というのだろう。

「いや、そのお顔を見れば、おわかりになっていると。私は雪江どののためにいっているのですから」

雪城は、冷めた茶を一口、含む。

「恐れ入ります。ですが、私には指南所がございます。それを閉じるわけにはまいりません」

「そのまま続けても構いません。しかし、私が指南にときおり伺わせていただく」

「つまり、私の弟子も含めて、雪城さまの門弟になれと」

「なれ、と命じているわけではありませんよ。そのほうが、今後、雪江どのも嫌な思いをせずとも済むということです。もちろん菱湖先生の弟子であることが消えるわけではない」

雪城は口角を上げた。

嫌な笑みだ。祝いだといって屋敷を訪れたときと同じものを感じた。

「形だけですよ。雪江どのはそのままいてくだされればよいのです。私から、兄弟弟子に伝えますのでね。それと、気づいておられるでしょうが、時がくるまで蕭雪堂の看板は外していただきたい」

「馬鹿を申されるな。そのような真似、できるはずがない。あれは、姉上が菱湖先生よりいただいたお形見と同じだ」

新之丞は雪城に飛びかからんばかりの勢いで食ってかかった。

「新之丞！　おやめなさい」

雪江が声を張った。

「看板を外すことも、門弟となることもお断りいたします。蕭雪堂はわたくしの指南所。わたくしを師と仰いで、学んでくれている娘たちに、つまらぬことで動揺させたくはありませぬ」

「つまらぬこととは、はっきりいってくれましたね。雪江どのの勝ち気なところは、幼い頃からまったく変わっていない」

雪城は、大げさに溜め息を吐くと、

「後々後悔なさらぬよう、考える時も必要でしょう。お待ちいたしております」

眼を細めて、雪江を見る。

「わたくしの答えは変わりませぬ。新之丞、おいとましましょう」

雪江は、雪城の顔を見ずに立ち上がる。座敷を出掛かったとき、大きな音とともに大勢の人々の歓声が聞こえてきた。

花火の打ち上げが始まったのだ。

「ちょうどいい、花火見物でもしながらお帰りになれますよ」

「ええ、そういたします」

雪江は振り返らずに応えた。

「――小塚卯美にはお気をつけなさい」

雪江は思わず足を止めた。

雪城がなぜ卯美を知っているのか。

「なにゆえでしょう」

雪江が振り返ると、雪城は口許に笑みを浮かべて、首を傾げた。

「さて。小塚卯美の師匠は雪江どのだ。ご自分で、弟子に訊ねればよいのではありませんか」

再び、花火の音と人々の声が雪江の耳に響く。胸を圧するような轟音が不快と苛立ちを募らせた。

四

玄関を出た途端に新之丞が怒りをあらわにした。夜の闇に石灯籠のぼんやりした明かりが、光っている。

「あのような方だったとは、思いもよりませんでした。姉上に弟子になれとは、腹立たしくてたまりません。姉上がよく堪えたと、それも不思議でしたが」

「それは余計な物言いです。あの場で怒りをぶつけたところでどうにもなりません。ただ――」

雪城に会うなといった菱湖の言葉がいまさらながら、わかったような気がした。

やはり変わってしまわれたのだ。兄弟子を優しく見つめる雪城さまはもういない。それを師匠も感じていたのだろう。

笠を着けようとした新之丞だったが、夜空を見上げ、その手を止めた。

破裂音の後から、暗い空に火花が散った。

「腹立たしいが、花火はきれいですね」

「ええ」

雪江も空を仰いだ。

一瞬の彩りが、胸に迫る。散りゆく花火の儚《はかな》さは、人の生にも似ているような気がした。

門を潜ろうとしたときだ。

「雪江先生」

提灯を手に、走り寄って来た娘がいた。

「おとしさんね。元気にしていた？」

「はい」

と、おとしは快活に応えた。

薄暗い明かりでも、不思議とおとしの顔がはっきり見えた。

「お稽古にも励んでいます。いまはまだ易しい字を学んでおりますが」

「そう。でも頑張っているのですね。雪城先生はお優しい？」

「とっても。おっ母さんのことも、大切にしてくれています。あたしも台所仕事を手伝っていますが、時々お小遣いをくださるんです。他のお弟子さんもみんな親切にしてくれています」

ふと、養女話が雪江の脳裏を過る。だが、問い質すことははばかられた。

「皆で、お芝居を観に行ったり、お祭りにも行ったりしました。この間は、料理屋へもご一緒させていただきました。あたしが食べたこともないような美味しいものばかりで。お師匠はお子さんがいらっしゃらないから、あたしが娘のようだとも」

おとしは興奮気味に話し続けた。

新之丞は首を捻りながら、おとしの話に耳を傾けていた。さきほどまでの雪城と、おとしの話す雪城の姿が重ならないのだろう。

と、おとしがもじもじし始めた。

「あの、汐江さまは……」

雪江は、腰を屈めて、笑顔を向けた。

「とても元気よ。いまはちゃんとご自分で宿題もやって、小塚卯美さん、松永涼代さんと三人娘は相変わらず困ってしまうほど仲良し」

少しおどけて雪江がいうと、おとしはほっとしたように、笑みを返してきたが、すぐに口許を引き締めた。

「あたし、もうすぐお武家の養女になります」

おとしのほうから告げてきた。

「おとしさんが養女に行ってしまったら、お母さまは？」

「このまま、こちらで働かせていただくことになっています。おっ母さん、喜んでいました。そのほうがいいって。お武家の養女になって、行儀作法をしっかり身に付けて、お嫁に行くのを楽しみにしているからって。お師匠も養父母はよい方だと勧められました」

おとしは明るい声でいったが、その表情は固かった。

「別れて暮らすのは寂しいわね」

ううん、とおとしは首を振る。

「お師匠が、通いの弟子にしてくださるので、おっ母さんとはその度に会えますから。でも、あたしだけがいい思いをしようと考えていません。いつかあたしがちゃんとした処にお嫁に行ける日が来たら、おっ母さんも呼びたいんです」

そんなことが叶う日がくるかどうか、雪江にはわからない。けれど、母親はおとしの幸せを願ったのだ。おとしもそれを受け入れた。

「それに――」

雪江先生みたいな書家になりたいといった。

いまは雪城が師匠ではあるが、筆が自分を表してくれると気づかせてくれたのは雪江だという。

「ありがとう。おとしさん」

「お礼をいいたかったのは、あたしのほうです。お師匠が、雪江先生がお帰りになるところだから、明かりを持っていっておあげなさいと」

「雪城さまが」

おとしが雪江に提灯を差し出した。提灯には蕭間堂の文字があった。

新之丞が不機嫌な顔つきで、茂作を呼んだ。

「屋敷から持参したから、提灯は無用だと、雪城さんへ伝えておくれ。火だけを頂戴する」

門を潜って来た茂作はおとしから提灯を受け取り地面に置くと、持参したものに火を移す。

「これから花火を見るのかしら」

「はい」

雪江は二階へ眼を向けた。雪城の弟子であろう者たちが、窓から顔を出して騒いでいた。

「では、お元気でね」

おとしは丁寧に頭を下げた。

両国広小路は夕刻よりもさらに混雑していた。両国橋は鈴なりの人だかりだ。花火が打ち上がる度に、大きな歓声が上がる。

茂作が提灯を持ち、前を行く。人通りとは逆に進んでいるため、ときおり肩が触れることもある。新之丞は雪江を庇うように歩いた。

「新之丞、ずっと難しい顔をしておりますね」

雪江が声を掛けると、新之丞は大きく息を吸い、吐き出した。

「男の嫉妬は、怖いと思っていたのですよ。此度のことも、姉上に妬心を抱いていたゆえのことでしょう。悲しいものですね。書は精神を鍛えるものでもあるはず。雑念を捨て、技巧に驕《おご》ることなく、筆を揮う」

名声や金儲けのような俗事に惑えば、おのずと筆も荒れる、と新之丞はいい放った。

「でも、霞を食うては生きていけませぬ。多くの弟子を抱えれば、なおさらのこと。書が崇高である必要はないと、わたくしは思っています。そうではありませんか？　筆を執るのは当たり前のことです。新之丞もお城で使っているのですから」

「私は、お役目のための筆です。美しさも巧みさもいりませんよ。読めることが第一なのですから。しかし、書家の方々はそうではない。見る者を、時に啞然とさせ、時に感嘆させることができます」

雪江は、くすくすと笑った。

筆の穂は毛の束だ。墨を含ませすぎれば、くにゃりとなり書きづらい。均等に墨もおけない。心の状態がそのまま表れる。

「なにがおかしいのです、姉上」

「珍しいと思ったのですよ。あなたが書について語ったことなどなかったので」

「そうでしたかね。岡島家は初代が大層な能書家でありましたからね。それを代々受け継いできた。右筆のお役にあるのも、先祖のおかげです。ですが、考えてみれば、私も姉上に嫉妬していたのだと思います」

「わたくしに嫉妬？」

新之丞は素直に頷く。

「よく、父上からいわれました。おまえと雪江が逆であったならと」

「それは、わたくしも同じです。おまえが男であったならと。けれど、今日ほど、父上の言葉どおりであったらと思う日はありませんでした。女であることをこれほど恨めしく感じたことも初めてです」

雪城の語ったことがすべてまことかどうかはわからない。しかし、菱湖をたぶらかした、出戻りに情けをかけた。このような雑言は、男であればない。女だから、そうした眼で見られ、見下され、辱められる。

「いや、それは違いますよ。姉上が女子だからこそ、そのようなことしか男はいえぬのです。くだらぬいいがかりしか思いつかぬのですよ。むしろ、女子であることを誇ってください。堂々と胸を張り、蕭雪を名乗るべきだ」

新之丞の言葉が、雪江の心を震わせる。

わぁーと、大歓声が上がった。打ち止めの花火であったのか。

「私は雪城さんの態度にも不快なものをおぼえました。たしかに、姉上を快く思わない兄弟弟子たちは、姉上が看板を下ろし、雪城さんの弟子になることで、溜飲を下げるかもしれませんが」

それもたしかにある。だが、雪城が欲しいのは、武家の息女だけを集めた小さな筆法指南所ではない。雪江の弟子で、老中水野忠邦の姪、長谷川千穂が目的なのだろう。自分の足掛かりのために利用したいだけなのだ。

「新之丞、小塚卯美を知っていますよね」

「指南所で一番生意気な娘でしょう。帰り際に雪城さんのいった言葉ですか？」

こくりと、雪江は頷いた。

書院番頭であった卯美の父親は突然お役を退き、妾の処へ行きっぱなしで、羽田奉行所に勤めていた兄は屋敷に戻されたという。卯美はただ、小塚家に降って湧いた不幸を、どうしていいのかわからず、苦しんでいた。

「悩んでいたのですけれど、やはり気になります。卯美の兄は羽田奉行所にいたそうです」

「羽田奉行所、ですか」

新之丞が険しい表情を見せた。

「あまり首は突っ込みたくはありませんが、雪城さんの、あの含んだ物言いは気に入りません。探ってはみますが、旗本家のこと。期待はなさらないでいただきたい」

「承知しておりますが、わたくしの弟子ですから、なんとかしてあげたいとも思います」

「では、私とお約束ください。姉上は、頂戴した号を大切になさると」

新之丞がいった。

「菱湖先生が姉上に最後に残された最も大事なものです。どうか、その名に恥じぬよう」

雪江は背丈のある弟の横顔へ眼を向けながら、

「ええ、もちろん」

と応えた。

五

指南の日。新之丞は、髪結いの銀次をいつもより早く呼び、陽の降り注ぐ縁側で髷を整わせていた。

庭木の手入れをしていた雪江が顔を覗かせると、銀次がぺこりと頭を下げた。

「こりゃ、姉上さま、おはようございます」

「姉上、銀さんに握り飯を持たせてやってください。朝餉も摂《と》っていないのですよ」

「それは、ご苦労さま。すぐ台所の者へ伝えましょう。でも、ずいぶん今朝は早いのですね」

「すいやせん。あっしの都合でさ。これからちょいと遠方へ行かなくちゃならねえもので。お気になさらねえでください」

元結をきりきりと締め上げるように巻き、銀次は鋏を手にすると、残った部分を、ぱちりと切った。

手鏡を覗き込み、

「今日もいい出来だなぁ」

左右に首を振って、鬢を確かめ、正面から髷のようすを見、最後に銀次が一枚鏡を持った。合わせ鏡にして、後頭部を映した。

「ずいぶん念入りだこと」

雪江が皮肉っぽくいったが、

「ご出仕の日はいつもこうですよ」

と、銀次が、にかっと歯を見せて応えた。

「姉上、結い上がってしまいましたよ。握り飯、握り飯」

新之丞に急かされ、雪江が身を返しかけたとき、新之丞の傍らに置かれていた書付らしきものを銀次へ手渡すのが見えた。

「じゃ、あっしはこれで」

銀次は塩むすびをふたつと、数切れのたくわんを添えた弁当を嬉しそうに受け取ると、すぐ屋敷をあとにした。

「忙しそうですね。商売繁盛で」

「商売繁盛か。たしかにそうともいえますね」

新之丞が、さて今日の袴の色は、といい出したので、雪江はさっと玄関先から逃げた。

茂作が切った鉄線を稽古場に飾る。

青紫の花弁を眺めながら、森高家の庭には白い鉄線があったことを思い出していた。

章一郎と別れ、菱湖とも別れた。一年も経たぬうちに、大切な人をふたりも失った。

いまの自分に残されているのは、書くことだけなのだろう。いや、残されたのではなく、やらねばならないことなのかもしれない。

表が急に騒がしくなる。

「お嬢さま、ご門人がおいでに」

茂作が告げに来た。

菱湖の看板のおかげもあって、雪江の許に通ってくる娘たちは、千穂の後、さらに五名増え、二十一名になっていた。稽古場にしていた座敷も、供の控えていた隣座敷まで広げた。

新しく入った娘たちの家も、皆それぞれだ。旗本の娘、御家人の娘。役職に就いている父親もいれば、無役の父親もいる。

しかし、雪江は、それで教え方を変えたりはしない。遠慮もしない。皆、同じ弟子だ。

もちろん、弟子の中には、手筋のよい者もいる。そうでない者のほうが多いかもしれない。しかし、それぞれの運筆や文字の癖を、強制して直すことは考えていない。

師匠の菱湖がそうであったからだ。

武家も町人も、男も女もなく菱湖は教えた。

だからこそ、弟子が一万人もいるという噂が広まった。実際は、菱湖の手本を学んでいる者が多いということだろう。しかし、それだけ、菱湖の筆は、多くの人に認められていたということに変わりはない。

きっと後世に残る書になると、雪江は信じている。

「将棋の駒に用いられるかもしれませんよ」

新之丞の戯れ言も本当になるかもしれない。

雪江も人の感情を揺さぶるような字を書きたいと望んでいる。

基礎は大切ではあるが、殿御のような公文書を書くわけではない。

それぞれが、それぞれの思う文字を書き、筆を運ぶ。

言葉を伝える楽しさを伝えたい。この筆法指南所を開くときからそう思っていた。

筆を執り、書状など文字を書くのは日常のことである。けれど、日常から離れた文字を書くこともできる。文字を見て感じる、その豊かさが書にはあるのだ。

菱湖から蕭雪の号を授かってから、雪江は自身の中に変化を覚えた。

若い弟子とともに、墨を磨り、筆を執るたびに、昔の自分を重ね合わせるようになっていた。

教えることは、自分もまた学ぶことなのだ。そう菱湖もいった。精進をせねばならぬと。書きたくないときもある。しかし、一日、墨の香りをかがずにいると、むしょうに筆が取りたくなる。墨池に水を垂らし、墨を置く。ゆるやかに、硯と墨が溶け合うとき、己の心にかちりと音がする。苛立つときには、苛立った文字が紙に現れる、穏やかなときには文字も穏やかになる。その時々の思いが筆を通して現れる。

弟子たちの親からは、掛物や屛風の揮毫を頼まれるようにもなった。

先人の詠んだ和歌や漢詩を望まれているが、いまは固辞し続けている。

母の吉瀬は、「掛物の揮毫を頼まれるのは書家として認められた証なのよ。雪江は恵まれているわね。菱湖先生に感謝なさいな」といっている。たしかに、師匠の菱湖も名を成すまでは、指南所を開いても弟子はとんと集まらず、摺り物の版下書きなどで糊口《ここう》をしのいでいたくらいだ。

吉瀬のいうとおり、揮毫して潤筆料を得られるのは、書家として認められたということだ。

雪江には、ひとつ、どうしても書きたいものがある。

だが、その許可も、もう菱湖から得ることができなくなった。勝手に筆を執れば、

「まだまだ技量が足りぬなぁ」

と、菱湖に呆れられるかもしれない。

それでも、機会に恵まれれば、つい筆が動いてしまうかもしれない。

それはそれで、お許しいただこうと、雪江はひとり微笑み、慌てて口許を手で隠した。

供の者たちが、文机を並べに入って来たからだ。

弟子たちの小鳥のさえずりのような賑やかさが近づくにつれ、雪江の頰がほころぶ。

「お師匠、おはようございます」

次々に稽古場に入って来る弟子のひとりひとりと、雪江は挨拶を交わす。

まだ固い蕾の中で、咲き誇る日をいまかいまかと待ちわびる花弁のような娘たち。

ひとつの命が尽き、あらたな命が育まれ、人の営みは、続いていく。むせかえるような若さと輝きに満ちた弟子たちは、これからまだまだ力強く生を謳歌《おうか》していく。

雪江は、菱湖のことを告げようか悩んでいたが、皆に伝えようと決めた。

集まった娘たちが、各々の文机の前に座る。

雪江が座敷を見回したとき、ふと、違和感を覚えた。すると、松永涼代が手を挙げた。

「卯美さんがお休みです」

道理でおかしいと感じたわけだ。いつも、雪江の前にいる三人娘がふたり。しかも姿がないのが卯美となれば、なおさらだ。汐江の隣の千穂も気になっているようすで、身を乗り出して涼代を窺う。

「ご病気かしら、ご用事？」

雪江が問うと、涼代が困惑しながら応えた。

「卯美さんのお付きの方が出てこられて、お稽古はお休みすると、それだけでしたので、お休みの訳までは聞いてはおりません」

「そうなの」

やはり、父親と兄のことで卯美は心を痛めたままでいるのかもしれない。だが、これまでは、変わらぬようすで姿を見せていたし、汐江や涼代とも、笑い合っていた。

むろん、いままでと同じでいられるとは雪江も思ってはいなかったが、勝ち気な卯美はかなり無理をしていたに違いない。

「では、お稽古をいたしましょう。本日のひと文字は義、です」

「お師匠、義は、捧げものを表している字だと聞きました」

千穂がいった。

「わたくしは見たことはありませんが、羊という獣とのこぎりを表す我を合わせた漢字です。のこぎりで羊を切断する――」

きゃあ、とまだ幼い娘たちが小さく悲鳴を上げた。

「古い古い清国でのことです。命を犠牲にし、天への捧げものをする厳粛な作法を意味しているのです。ですから、義は、嘘、偽りのない正しい行いの意味になるのですよ」

「怖い漢字があるのですね」

悲鳴を上げた娘のうちのひとりがいった。

雪江は、微笑みながら、紙の上に穂を落とし、羊を書いた。

「いろいろな考え方があって、羊の文字の形は左右が対になっています。羊という獣はきれいで整っているという意味もあります。ですから、美しいという漢字にも、羊が入っているでしょう？書いてごらんなさい」

羊が大きい、とくすくす笑っている娘もいた。でも、羊なんて見たことないわ、ほんとうにきれいで美しいのかしらと、騒ぎ出す。

「そうねえ、そのうち見られるようになるのかもしれないけれど、羊の毛の織物は皆さんも身に着けているかもしれないわね」

再び、皆が騒ぎ出す。雪江は楽しそうな弟子たちを見ながら、卯美だったら、何をいっただろうと思った。

雪江は、ぱんぱんと手を叩いた。

我という漢字も、のこぎりの歯は整っているということから、義は、美しく整うことを示す漢字でもあると加えた。

皆が、墨に穂を浸し、義を書き始める。

「仁、義、礼、智、信、覚えている？　汐江さん」

「お師匠が、あたしたちに教えてくださった漢字ですけれど。ああ、最初のお稽古で、おっしゃっていた儒教の五徳」

汐江が呟いた。

「思い出した。あのとき、卯美さんが、儒教なんて面倒臭いっていって、懸想文の書き方を教えてっていったのよね」

涼代が汐江を見る。

「卯美さんのいうとおり儒教が面倒でもいいのですよ。でも、どれも、大事な意味を持つ漢字ばかりです。人が必ず、心の内に持っていなければいけないものです。幾度も書いて、その意味を感じてください」

雪江は、ひとりひとりに頷きかけるように、見回した。

「さあ、続けましょうか」

と、ばたばたと廊下を走る音がして、いきなり座敷に飛び込んできたのは、新之丞だ。汗だくで、髷も少々崩れている。なにより息が荒い。

新之丞さまよ、と誰かがいった。

弟子の中にも、新之丞贔屓はいるらしい。

「どうしたのです。いまはお稽古中ですよ。それに、まだ下城では……」

新之丞は、生唾をごくりと飲み込み、息を吐いた。

「父親が斬られました」

えっと、雪江は眼を見開く。皆がざわつき始めた。なおも言葉を続けようとする新之丞を雪江は座敷から無理やり押し出した。

障子を後ろ手にぴしゃりと閉める。

「ここは稽古場ですよ。人が斬られたなんて物騒な話を持ち込まないで」

雪江が睨むと、新之丞が声をひそめた。

「かかわりがないわけではないので、こうして走ってきたのですよ。斬られたのは小塚卯美の父親です」

「まさか」

「相手は、羽田奉行所務めの与力、磯田《いそだ》藤七《とうしち》」

「羽田奉行所の磯田？　彦吾郎が奉行所に来たと証言した男ではないですか」

まだ、仏蘭西国船の発砲事件は終わっていなかったということか。雪江の身が震える。

「それで、傷は？」

「磯田がなかなかの遣い手だったようです。小塚さまは足の腱をやられて、歩くには不自由になります」

でも命はとられなかったのだ。それだけでも安堵した。卯美の顔が浮かんだ。このことはもう知らされているだろうか。

「もしも、章一郎さんがいなければ、斬り殺されていたでしょうが」

「章一郎さまが」

雪江は胸が潰れる思いがした。

「章一郎さまは、発砲事件の前から羽田奉行の監察役だったのです。特に磯田という者の行状にいささか怪しいものがあったため、見張っていたとか」

「その者がなにを？」

「よくあることです。公金横領と同心いじめですよ」

羽田は江戸から近いとはいえ、遠国勤め。閉鎖的で、多少のことなら隠蔽も容易い。役所ぐるみの悪事の温床にもなる。

「長崎奉行などがいい例でしょう。異国との貿易、長崎商人たちとの交流で、奉行ばかりか下役人まで太って帰って来ます」

ふと、雪江は背後に気配を感じ取った。

障子を勢い良く開け放つと、娘たちが全員、集まって、耳をそばだてていた。

六

「教えてください。何があったのですか。小塚卯美って聞こえたんです」

汐江と涼代が同時にいって、雪江に詰め寄って来た。

「わたくしもくわしいことはわかりません。ただ、心配はしないで。卯美さんではないから」

「じゃあ、父親って卯美さんの父上のことですか」

涼代はもう眼に涙を浮かべている。

「教えてください、新之丞さま、お師匠」

ああ、と新之丞はこめかみのあたりを押さえると、

「卯美さんの父上が怪我をした。でも命にかかわるほどではないということです」

皆に向かって大声でいった。

「なら、なぜそんなにあわてて来たのですか？」

千穂が首を傾げる。新之丞は痛いところを突かれたという顔をする。

「つまりですね」

いいかけて、雪江のほうへ顔を向けた。

「長谷川千穂さんです、新之丞」

ああ、と新之丞は、その場に座り込んだ。

「姉上、水をください。喉がひりついて話せません」

千穂は新之丞の前にしゃがみ込むと、

「まことは、なにか隠しておられるのでしょう？」

いたずらっぽく笑った。

たしかに、老中の姪を前に殺伐とした話ができるはずもない。新之丞がへたり込んだのも頷ける。

新之丞は、姉上、水、と再び弱々しくいった。


娘時代は、なんにでも興味を持ち、好奇心に満ち満ちている。ましてや卯美の父親である。なぜ怪我を負ったのか、なにが原因だったのか、幾人かがいっぺんに話し始めるので、収拾がつかない。

茂作が持って来た水を、新之丞が一息に呑み干すのを待ちかねるように、

「だって、卯美さんの父上よ。あたしたち幾度もお会いしてるから」

涼代と汐江まで千穂の隣にしゃがんだ。

「ですから怪我をした。それが小塚さまだったから、卯美さんがここにいるだろうと報せに来たのですよ」

納得していただけましたかね、と新之丞は汗を拭った。駆け込んで来たときよりも汗をかいていたが、冷や汗だろう。

「なるほど。それなら得心できます」

千穂が至極真面目な顔で頷いた。

騒ぐ娘たちを、なんとかなだめすかし、早めに稽古を切り上げた。

菱湖のことを告げられなかったが、それは後日でもよいだろう。菱湖がいかに優れた書家であったかをゆっくりと話したい。

雪江が文机の上を片付けていると、一旦、稽古場を出たはずの千穂が、戻って来た。

「あら、忘れ物でも？」

雪江が顔を上げ、稽古場を見回した。

「章一郎さまというお方、姓は確か、森高」

千穂は、雪江の前に座ると、突然いった。雪江は驚きながら、千穂を見つめた。

「叔父から、お名前を伺ったことがございます。お役に就くにあたり、離縁までなさったと」

叔父がなぜそこまでするのかと訊ねると、存分な働きをするためだといい、さらに、万が一のことを思い、まだ子もないゆえ、妻も別家に嫁ぐこともできるからと。

「そうおっしゃったそうです。真面目なお方ですけれど、離縁されたご妻女は困りますよね。叔父は妙に感心していましたが、女子の気持ちがわからない朴念仁《ぼくねんじん》です」

ね、お師匠と、千穂はにこりと雪江に笑いかけると、すばやく立ち上がり、

「次のお稽古、楽しみにしております」

稽古場を後にした。

なんて娘だろう。別れた相手がわたくしと知っていて、話したのだ。

思わず苦笑が洩れた。

朴念仁。確かにそのとおり。

身勝手で一方的で、妻であるわたくしの気持ちなど考えてもいない。

けれど——章一郎の無骨な情愛が、心地よく胸に染み込んでくる。

戻りたい、と思わず呟いた自分に雪江は驚いた。ああ、戻ることができたら……。

息が詰まるような切なさに、雪江はそっと胸許に両手を重ねた。


後日、章一郎によって捕らえられた磯田藤七は、死罪の裁許がくだされた。

公金横領どころか、磯田は、ときおり姿を見せる異国船に接触し、江戸市中の切絵図と異国の品とを交換していたらしい。得た品は、唐物屋に売りさばき、金子にしていた。買い上げた唐物屋もお縄になった。

仏蘭西国船への発砲は、その現場を、小塚卯美の兄に目撃されてしまったからだ。磯田は、卯美の兄を刀で脅し、発砲させた。

それを、忍藩になすりつけたのも、磯田の仕業だ。卯美の兄に口裏を合わせさせたのだ。

異国人を殺害した卯美の兄は、気を病み、羽田から逃げるように帰って来た。そのときも、洩らせば命はないぞ、と磯田から脅迫を受けていたのが、きっかけだった。

七

数日後、雪江は新之丞とともに、谷中の天王寺に赴き、菱湖の墓に手を合わせた。墓といってもまだ墓石があるわけではない。塔婆《とうば》だけのものだ。

雪江は、花を手向け、指南所を続けていくことをあらためて誓った。

墓参を済ませ、谷中の天王寺門前の茶屋に腰を落ち着けた。

雪江は、隣に座る新之丞へ笑顔を向ける。

「昨日も帰りが遅かったようですが、近頃は、厠で垂れ流していないのですか」

「聞こえの悪い言い方をなさいますね。私が粗相をしているように思われます」

新之丞は不満げに眉をひそめた。

供の茂作が背後で、笑いを堪えている。

「似たようなものではございませんか」

「違います。私たち奥右筆は、日々、幕府の重要事項を書き留め、あるいは、諸大名、旗本らの嘆願を処理しているのです」

それは、何人《なんぴと》であろうと、洩らすことはできない、その苦しさに押し潰されそうになる、と新之丞は息を吐く。

「さる旗本家のことですが、金子の拝借願いが出されました。過日、豪雨がありましたでしょう？」

五日前のことだ。まるで空から弓矢が降ってきたかと思うほど勢いの激しい雨だった。おまけに風も吹いて、瓦が飛んだり、古い裏店が倒れたりもしたらしい。土地が海に近いところでは、浸水もしていた。その日は稽古日ではなかったのでよかったが、翌日、弟子の娘たちが、水たまりで足を汚したり、供の者がうっかり落とした荷が泥だらけになったりと、大騒ぎだった。

「それで、屋敷内が水浸しになり、ほとんどの座敷の畳がだめになってしまった。掛かる費用が莫大なため、金を貸してくれというわけです」

「その願いは聞き届けられたのですか？」

新之丞は口許を歪めて、

「地獄箱行きです」

と、気の毒そうにいった。

地獄箱は、直参や諸藩の願いでも、とてもお上には伝えられないものを、処理してしまう箱だ。その中に投げ込まれたものは、陽の目を見ることもなければ、願いが取り上げられることもない。嘆願者たちにとっては、まさに地獄行き。

しかし、その存在は、右筆の者たちしか知らない。そんなことが発覚すれば、大騒動になる。城内でまことしやかに流れている噂の類になっている。

「ですから、返答を求めて幾度もいらっしゃる方々もおります。その度に、いま審議中だといわねばなりません。それはそれで、辛いものです」

肩を大きく落とした新之丞の横を、棒手振《ぼてふ》りの魚屋が通り過ぎていく。天秤棒《てんびんぼう》に吊られた板台は空っぽだ。

「いいなぁ。今日はもう仕事も仕舞いでしょう」

「そんな、のんきなことをいって」

雪江が眉をひそめると、新之丞が、あっと声を出した。

「あの武家だ」

「あの、武家？」

新之丞が色めき立った。

「おとしを養女にするといっていた。雪城さんの屋敷ですれ違ったとき気になっていたのですが、以前にも見かけていたんでしょう。昨日、奥右筆の詰所に来たのですよ」

雪江も、はっとした。武家の背を新之丞が見送っていたのが不思議に思えたからだ。

「それで、姓名は知れたのですか？」

「そこまではわかりませんでしたが、屋敷が水浸しになった御家らしく。さんざん嘆いてお帰りになられました。悪い人ではなさそうですよ」

「それはようございました」

「ただ、拝借金は出そうもありませんが……駄目を承知で地獄箱から取り出してみましょうかね。異例のことですが。おとしって娘のために」

「ええ、わたくしからも、ぜひお願いいたします」

幾人かの若い町娘たちが、新之丞を見て騒ぎながら、通り過ぎた。

やはり新之丞の整った顔立ちは目立つのだろう。新之丞が鬢を掻いた。

「やあ、困りましたね。笠を着けたままにすればよかった」

「そうですね」

雪江は相槌を打って、茶を啜った。

「でも、まさか銀次を羽田まで行かせたとは思いもよりませんでした。なにか書付を渡したのは眼にしましたが」

「眼が早いですね。章一郎さま宛の書付です。姉上に頼まれて、すぐに調べたのですが、小塚卯美の父親には妾なぞ、おりませんでしたから。羽田にいたのですよ」

息子の敵討ちのためです、と新之丞はいって、団子を頰張った。

「それを、章一郎さまにお知らせした矢先に、小塚さまが、奉行所から出て来た磯田に斬りかかられたわけです。あと少し遅れていたらどうなっていたか」

でも、命が助かって、本当に良かった。卯美も、汐江や涼代の前で、素直に涙を流したらしい。

ふと、雪江が顔を上げたときだ。

「これは、雪江どの」

「雪城さま。お墓参りですか」

「雪江どのは、もう済まされたようですね」

新之丞は不機嫌な顔をして、ただ雪城をじっと睨んでいるだけだった。

雪江は立ち上がり、雪城の前に立つ。

「雪城さま。わたくしは兄弟子として慕って参りました。正直申し上げれば、それ以上の気持ちを秘めていたやもしれません」

姉上、なにをと、新之丞が慌てている。

「それは気づいておりました」

雪城が一瞬懐かしむような眼をした。

「しかし、いまは筆を執る者として情けなく思います」

雪江は雪城を強く見つめた。

ふっと口許を緩めた雪城が、首を振る。

「いくら名を売ろうと、大名家の筆法指南役など、ただの手習い師匠でしかない。多くの揮毫をし、手本などを版行せねば書家とはいえないのですよ。誰もが筆を使う。だからこそ、世間から尊崇されるような文字を書かねばならない。商家の大看板の揮毫を考えてごらんなさい。誰が筆を揮ったものかによって、商家の自慢になる。師匠の大幟もそうです。巻菱湖が書いたものであるからこそ、ありがたがる。書家とはそういう存在でなければいけないのです」

いかがですか、雪江どの、と雪城は探るような口調でいった。

「先日は、弟子になれと申しましたが、私は、雪江どのを認めております。私ならば、兄弟子を説得することもできますよ。ともに手を携えて参りませんか」

「それほどまでに、長谷川千穂がほしいのですか？　ご老中の後ろ盾を得るために」

雪城の顔がわずかに気色《けしき》ばむ。

「わたくしは、ひとりで筆法指南所を続けていきます。それが、師匠巻菱湖への義」

「義、とはまた大げさな。私へのあてこすりのようだ。もうお会いすることもありませんね」

「いえ、互いに書家として競い合いたいと思います」

雪江は、きっぱりといった。

「ただ、おとしのことだけ、感謝申し上げます」

雪城は、かすかに笑い、歩き出した。

「自分の弟子です。当然のことです」

雪江は、天王寺に向かう雪城の背を見送りながら、晴れ晴れとした気持ちで空を見上げた。


途中、母の吉瀬に土産の豆大福を買い、帰宅した。

「ただいま戻りました」

新之丞が声を張り上げると、裾をはね上げて勢いよく廊下を走って来た吉瀬が、足袋はだしのまま、三和土に下りた。

「雪江、雪江」

「どうしました。はしたないですねぇ」

新之丞が腰から大刀を抜いたが、吉瀬は受け取るどころか、見向きもせず、雪江の手首を摑んで引いた。

「早う、早う」

「まことにいかがなさったのです、母上。履き物も脱げませぬ」

ああ、焦れったいと、吉瀬は身悶《みもだ》えした。

新之丞が、ふと眼を落とした。

「なるほど。姉上、お急ぎになられたほうがよろしいですよ」

「あなたまで」

雪江が眉を寄せると、新之丞が、下を見るよう、指差した。

草履が一足――。

「父上がお戻りになられたのですか」

父の采女は、新之丞に跡目を継がせて後は、武蔵国都筑の知行地に行ったままだ。畑を耕し、のんきな隠居生活をしている。

「もう！　勘が鈍い子ね」

吉瀬はきゅうっと眼を吊り上げた。

「とにかく早くいらっしゃい」

急かされるまま、雪江は吉瀬の後をついていった。客間の前で吉瀬が止まり、膝をついた。

「お待たせいたしました」

さ、雪江と、吉瀬が優しく肩に触れた。雪江は促されるまま、障子を引いた。

雪江は息を呑んだ。

見慣れた背がそこにあった。

ゆっくりと振り向いたその顔は、どこか照れくさそうに、だが、威厳を保とうと懸命に眉を引き締め、

「勝手ながら、迎えに参った」

そういった。

雪江は溢れる想いを堪え、

「待ちくたびれてしまいました」

柔らかく微笑んだ。


「結局、元鞘かぁ」

卯美がつまらなそうにいって墨を磨る。

「卯美さん、失礼よ、そんな言い方」

涼代がたしなめた。

「いいじゃない、本当のことなんだから。でも、弟子としてはお祝いぐらいしてもいいかしらね。森高雪江先生」

「ありがとう、卯美さん」

卯美もすっかり元気になった。父親は杖をつけば、なんとか歩けるらしい。小塚家は父親が隠居、兄は家督を継ぐことが許された。減俸となり無役の小普請入りとなったが、温情ある処分だった。

雪江は、筆を執る。背筋を伸ばし、文机の上に敷いた紙へ視線を落とした。

「なにを書かれるのですか？」

汐江が質してきたが、雪江は応えなかった。

雪江は静かな気持ちで筆と紙と対峙《たいじ》する。

軸が天と結ばれる。

千穂が立ち上がると、次々皆も文机を離れ、雪江の周りに集まった。

初筆を下ろす。雪江の心に乱れはない。

皆の視線が穂に注がれているのを感じる。

書き上げたのは、愛と日のふた文字。

雪江は「愛日」を書き上げると、大きく息を吐き、筆を置いた。

「まあ、愛の字に二羽、日の真ん中にも一羽の鳥がいるみたい」

汐江が声を上げた。

「菱湖先生が書かれたものです。本来は飛白体《ひはくたい》という、刷毛《はけ》で書いたようなかすれた筆法を使うのですが。これを皆さん、ひとりひとりに差し上げます」

愛日は、時を惜しむことだ。時はいたずらに過ぎていく。若い頃は、いくらでも時が続くものだと思っている。しかし、そうではない。若い弟子たちに、今日を、明日を大切にしてほしいという願いを込めた。

ああ、と雪江は思った。愛の中にいる二羽の鳥。これは、菱湖と母ではあるまいか。互いに慈しみ、過ごした日々を懐かしんだものなのではないだろうか。

菱湖は、自分を許し得たに違いない。この愛らしい二羽の鳥が、それを語っているように思えた。

「お師匠。なんだか最後のお稽古のようです。指南所は続けてくださるのでしょう」

千穂が訊ねてきた。

皆の眼が雪江に向けられる。

「ここではなく、嫁ぎ先になりますが」

すでに章一郎からの承諾は得ていたが、少し遠くなる。皆がいまのまま通ってくれるのか、不安でもあった。

「どうせ退屈しのぎだもの、どこでもいいわよね、皆さん」

卯美が、稽古場を見回すと、皆が頷いた。卯美が「ほらね」と、嬉しそうな笑顔を雪江に向けた。

墨の香りが優しく皆を包み込んでいた。

本書は、GINGER L.20号～24号に掲載された原稿に、
加筆・修正を加えたものです。

〈参考文献〉
春名好重『巻菱湖伝』（春潮社）
武田双雲『知識ゼロからの書道入門』（幻冬舎）
綾村坦園『文房四宝の基礎知識』（光村推古書院）

また、執筆にあたってはアート書家の原田愛子氏にアドバイスをいただきました。
この場を借りて御礼申し上げます。

装幀　鈴木久美
装画　安楽岡美穂

梶よう子（かじ・ようこ）

東京都生まれ。二〇〇五年「い草の花」で九州さが大衆文学賞大賞を受賞。二〇〇八年「一朝の夢」で松本清張賞を受賞し、単行本デビュー。二〇一五年『ヨイ豊』で第一五四回直木賞候補となる。他の著書に『花しぐれ　御薬園同心 水上草介』『北斎まんだら』『五弁の秋花　みとや・お瑛仕入帖』『葵の月』などがある。

墨《すみ》の香《か》

二〇一七年九月二〇日　第一刷発行

著者　梶《かじ》よう子
発行者　見城徹
発行所　株式会社幻冬舎
〒一五一―〇〇五一　東京都渋谷区千駄ヶ谷四―九―七
電話　編集　〇三―五四一一―六二一一
営業　〇三―五四一一―六二二二
振替　〇〇一二〇―八―七六七六四三

印刷・製本所　株式会社　光邦

検印廃止

Printed in Japan
ISBN978-4-344-03177-7　C0093

幻冬舎ホームページアドレス http://www.gentosha.co.jp/
この本に関するご意見・ご感想をメールでお寄せいただく場合は、comment@gentosha.co.jp まで。